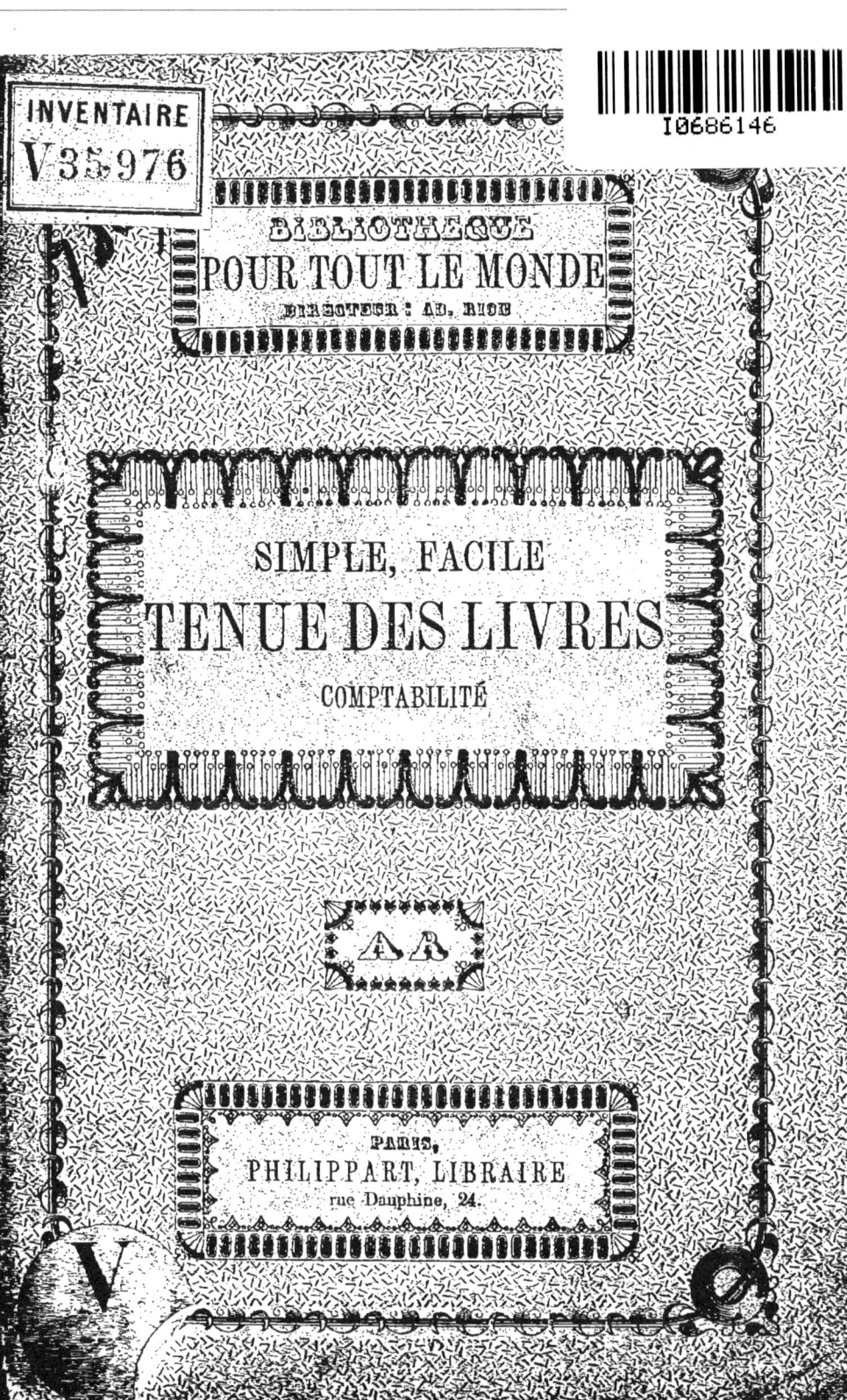

BIBLIOTHÈQUE
POUR TOUT LE MONDE
DIRECTEUR : AD. RIOE

SIMPLE, FACILE
TENUE DES LIVRES
COMPTABILITÉ

PARIS,
PHILIPPART, LIBRAIRE
rue Dauphine, 24.

MÉTHODE FACILE

TENUE DE LIVRES

EN PARTIE DOUBLE

TRAITÉ SIMPLIFIÉ DE COMPTABILITÉ

COMMERCIALE

Suivi d'un exercice pratique d'écritures en partie double,
de modèles de livres auxiliaires,
d'une balance, d'un inventaire général ou bilan et d'un exposé de tenue de
livres en partie simple.

PAR SELME DAVENAY.

Deuxième édition.

A PARIS,

CHEZ PHILIPPART, LIBRAIRE,

RUE DAUPHINE, 24,

ET CHEZ TOUS LES LIBRAIRES

DE LA FRANCE.

1850

TABLE.

Exercice pratique de tenue de livres en partie double et en partie simple ou Modèles des différents livres employés dans toute comptabilité commerciale.

LA
TENUE DE LIVRES
EN PARTIE DOUBLE.

1. La tenue de livres est l'art d'inscrire sur divers registres, et conformément à des règles d'ordre établies par l'usage et la méthode, le résultat des opérations en tout genre, auxquelles donne lieu le commerce ou l'industrie. C'est par le moyen de la tenue de livres qu'un négociant peut se rendre compte chaque jour de la situation de ses affaires, connaître le montant de ses dettes actives et passives, de ses pertes et de ses bénéfices, en un mot de ce qu'il possède net.

2. Le plus simple raisonnement fait comprendre combien il est important pour un négociant d'avoir des livres bien tenus et quelle confusion jetterait dans ses opérations l'absence de la comptabilité; mais alors même que son propre intérêt ne lui prescrirait pas cet ordre indispensable, la loi est là qui l'oblige formellement à établir des livres réguliers.

« Tout commerçant, dit le Code de commerce, est tenu
« d'avoir un livre-journal qui *présente*, jour par jour, ses
« dettes actives et passives, les opérations de son commerce,
« ses négociations, acceptations ou endossements d'effets, et
« généralement tout ce qu'il reçoit et paie, à quelque titre
« que ce soit; et qui énonce, mois par mois, les sommes
« employées à la dépense de sa maison; le tout indépendam-
« ment des autres livres usités dans le commerce, mais qui
« ne sont pas indispensables. Il est tenu de mettre en liasse
« les lettres missives qu'il reçoit, et de copier sur un registre
« celles qu'il envoie. (CODE DE COMMERCE, liv. 1er, tit. 11e, 8.)

« Il est tenu de faire tous les ans, sous seing privé, un
« inventaire de ses effets mobiliers et immobiliers, et de
« ses dettes actives et passives, et de le copier, année par
« année, sur un registre spécial à ce destiné. (*Id. id.* 9.)

« Le livre-journal et le livre des inventaires seront para-
« phés et visés une fois par année. — Le livre des copies de
« lettres ne sera pas soumis à cette formalité. — Tous seront
« tenus par ordre de dates, sans blancs, lacunes ni transports
« en marge. (*Id. id.* 10.)

« Les commerçants sont tenus de conserver ces livres
« pendant dix ans. (*Id. id.* 11.)

« Les livres de commerce, régulièrement tenus, peuvent
« être admis par le juge pour faire preuve entre commer-
« çants pour faits de commerce. (*Id. id.* 12.)

« **Pourra** être poursuivi comme banqueroutier simple, et
« être déclaré tel, — le failli qui présentera des livres irré-
« gulièrement tenus, sans néanmoins que les irrégularités
« indiquent de fraude, ou qui ne les présentera pas tous.
« (**Liv.** III, titre IV, 597.)

« **Pourra** être poursuivi comme banqueroutier frauduleux
« et être déclaré tel, — le failli qui n'a pas tenu de livres,
« ou dont les livres ne présenteront pas sa véritable situation
« active et passive. (*Id. id.* 594.) »

3. Si le législateur a cru devoir introduire dans le Code
des dispositions aussi formelles pour contraindre les commerçants à tenir régulièrement leurs écritures, c'est sans
doute parce que l'expérience avait signalé dans le commerce,
en général, une véritable répugnance à faire régner l'ordre
et l'exactitude dans la comptabilité. Cette répugnance existe
encore de nos jours, quoique bien moins forte, et c'est surtout parmi les petits commerçants qu'elle s'est perpétuée.

A qui faut-il l'attribuer sinon aux gens de métier, qui,
professant et pratiquant la tenue de livres, ont toujours
voulu donner à cette science une importance qu'elle n'a cer-
tainement pas. Ouvrez la plupart des nombreuses méthodes
complètes de tenue de livres qui existent, elles sont toutes
aussi obscures que volumineuses ; l'auteur, après y avoir dit
en quelques pages, et peut-être sans s'en douter, tout ce
qu'il y avait à dire, se lance à corps perdu dans une suite
interminable de combinaisons et d'opérations commerciales
imaginaires, dont le but est de vous offrir des exemples plus
difficiles les uns que les autres. Mais quand vous avez mis
votre esprit à la torture pour arriver à comprendre ce que ces
méthodes prétentieuses nomment la grande difficulté ; qu'un
épicier en détail vous donne à tenir sa modeste comptabilité, vous vous trouvez tout dépaysé en face des plus simples
opérations qui se présentent à vous journellement sous des
formes à peu près invariables.

La tenue des livres, nous le savons, offre parfois de certains problèmes qui, au premier coup d'œil, paraissent difficiles à résoudre ; mais, en général, c'est dans la forme, plus
ou moins saisissable, sous laquelle une opération commerciale est offerte à l'examen du teneur de livres, que repose
la difficulté ; et le talent de celui-ci consiste principalement
à savoir analyser chaque opération, à réduire son ensemble

à sa plus simple expression et à en faire le résumé sur ses livres d'une manière claire et précise. C'est encore à tâcher de ne pas développer en plusieurs articles ce qui peut être resserré en un seul qu'il doit sans cesse s'appliquer. Brièveté et clarté, toute la science du teneur de livres est là ; et ce n'est pas dans la lecture d'un fatras d'exemples imaginaires et embrouillés, dont la similitude réelle ne se présentera peut-être jamais, qu'on pourra acquérir ces deux qualités si essentielles ; c'est dans la pratique habituelle d'une comptabilité, quelque vulgaire qu'elle soit, et à l'aide du plus ou moins d'intelligence des affaires et d'esprit d'ordre qu'on y apportera. Cette prétention ridicule des *professeurs* de tenue de livres, cette obscurité répandue dans leurs méthodes, se retrouvent chez un grand nombre de praticiens. De ce que dans quelques fortes maisons de banque et de commerce, qui font exception, l'emploi de teneur de livres exige de la part de celui qui l'occupe une discrétion à toute épreuve et qu'à celui-là sont dues à juste titre la confiance et l'estime du négociant son patron, beaucoup de petits commis, chargés des écritures dans les maisons inférieures, se croient revêtus d'une espèce de sacerdoce commercial et cherchent à se donner une importance que ne comporte guère la vulgarité de leurs fonctions. Ceci est tellement vrai, que bon nombre de négociants tiennent eux-mêmes leurs livres, ou les font tenir à leurs femmes, afin seulement de ne pas se donner dans leurs bureaux un petit tyran en partie double, formé à l'école du grand maître Edmond Degrange, ou de quelque autre PROFESSEUR DE COMMERCE ; car c'est là le titre dont s'affublent ceux qui enseignent la tenue de livres.

4. C'est donc une chose bonne en soi qu'un livre destiné à rendre plus facile l'étude d'une science qui ne saurait être trop répandue dans ce temps où presque toutes les intelligences se sont élancées vers le commerce et l'industrie. Déjà quelques petits traités de tenue de livres ont été publiés dans ce but louable de simplification, et c'est pour leur venir en aide que nous dégagerons celui-ci de toutes les choses obscures et compliquées dont les méthodes dites *complètes*, ont fait jusqu'à ce jour un si étrange abus.

5. Il y a deux manières de tenir les livres : *la partie simple* et *la partie double*. La première n'est plus pratiquée que par quelques commerçants routiniers, ennemis jurés de tout ce qui frise le progrès, ou par d'autres chez lesquels nous trouverons cette répugnance pour la comptabilité dont nous parlions tout à l'heure. Ces commerçants ont des livres ;

c'est d'abord parce qu'il faut bien qu'ils se rendent compte exactement ou à peu près des opérations de leur négoce, et ensuite parce que la loi les y oblige. Mais ces livres ne sont tenus qu'en *partie simple*, c'est le moins qu'ils puissent faire. Ce nom modeste de *partie simple* donnerait à penser que cette manière est la bonne, pour nous qui avons émis des principes contraires à tout système de complication, si nous ne nous hâtions de déclarer qu'ici le mot *simple*, loin d'être pris en bonne part, ne doit être considéré que comme synonyme d'*insuffisant;* et, pour établir en peu de mots la différence la plus notable qui existe entre les deux manières de tenir les livres, nous ajouterons seulement que la *partie double* offre au négociant qui s'en sert, d'une part, un contrôle continuel, naturel et de tous les instants, de ses écritures, quelque nombreuses qu'elles soient, et à la faveur duquel il est de toute impossibilité qu'une erreur, ne fût-elle que d'un centime, puisse s'y glisser ; et d'une autre part un moyen de connaître chaque jour, s'il le veut, le résultat exact de ses diverses opérations, tandis que la *partie simple* n'offre aucun moyen de contrôle des écritures, et que le commerçant qui s'en sert ne peut connaître le résultat de ses opérations qu'en faisant l'inventaire général de sa maison de commerce, opération d'autant plus longue et plus difficile que les livres y sont tenus en *partie simple*. Bien d'autres motifs aussi défavorables doivent faire rejeter cette manière de tenir les livres ; mais nos lecteurs auront tout à fait la mesure de son insuffisance dès qu'ils seront à même d'apprécier les avantages de la *partie double :* celle-ci va donc nous occuper exclusivement ; et, losque nous aurons pu faire comprendre son mécanisme, une page de ce traité et quelques modèles suffiront pour donner la clef de la *partie simple* à quiconque voudra s'en servir.

6. Le livre fondamental de toute comptabilité, celui qui lui sert de base, c'est le *livre-journal* exigé par la loi (2)*. Rien n'y doit être omis des choses pécuniaires qui intéressent le commerçant : que ce soit dans ses bureaux, sa boutique ou son magasin ; à la bourse, à la halle, au marché, dans son intérieur domestique, ou enfin par correspondance, n'importe dans quelle ville du monde où il a étendu ses relations. Ce livre seul, régulièrement tenu, pourrait, à l'aide d'une vétilleuse recherche, amener le négociant à connaître

---

* Ces numéros placés entre parenthèses dans le cours de cet ouvrage renvoient aux paragraphes dont une seconde lecture peut servir à l'éclaircissement des matières.

l'état de ses dettes et de ses créances : il lui serait donc rigoureusement suffisant. Mais à chaque fois qu'il voudrait être renseigné sur sa situation, il lui faudrait une recherche nouvelle ; et quelle perte de temps cela occasionnerait ! à combien d'erreurs ne s'exposerait-on pas, puisque là encore le contrôle serait presque impossible.

7. Pour s'épargner cette longue perte de temps, lorsqu'on a besoin de renseignements ; pour éviter les erreurs, en ayant toujours à sa disposition un moyen infaillible de contrôle, et pouvoir enfin connaître promptement sa situation par le travail facile de quelques additions, on a imaginé un autre livre disposé de manière à ce qu'on pût y reporter, à l'aide d'un classement méthodique, les écritures du *livre-journal* ; c'est-à-dire y réunir sur un même *folio* de registre appelé COMPTE, toutes celles desdites écritures ayant rapport à un seul débiteur ou créancier, à une seule espèce de valeurs, réelles ou de convention. Ce second registre est le GRAND-LIVRE ; ainsi nommé à cause de la grandeur de son format, qui doit permettre à chacun de ses folios de réunir le plus possible d'écritures.

8. Les deux livres dont nous venons de parler sont les seuls qui soient absolument indispensables pour l'établissement d'une comptabilité en partie double ; mais l'usage en a fait créer plusieurs autres, qu'on appelle *livres auxiliaires* parce qu'ils ne sont en effet que les accessoires des deux principaux. Leur utilité néanmoins est généralement reconnue, et dans une comptabilité dont les écritures sont très-multipliées, ces *livres auxiliaires* deviennent presque aussi indispensables que le JOURNAL et le GRAND-LIVRE, dont ils facilitent beaucoup la tenue. Nous ferons connaître plus loin la forme et l'emploi de chacun des *livres auxiliaires*.

9. Nous avons dit (6) que le JOURNAL était le dépositaire de toutes les choses pécuniaires qui intéressent le négociant, et (7) que le GRAND-LIVRE avait pour objet le report à l'aide d'un classement méthodique, dans le même relevé ou *compte*, des écritures portées au JOURNAL. Or, ce classement n'est autre chose qu'une certaine manière de rédiger lesdites écritures du JOURNAL, et c'est dans cette manière d'écrire les choses sur un registre, pour les reporter ensuite sur un autre, que consiste la science du teneur de livres. Tout le secret de la *partie double* est là. Nous allons tâcher de le divulguer à nos lecteurs le mieux qu'il nous sera possible de le faire.

10. Le commerce proprement dit n'est qu'un échange continuel de valeurs réelles et de convention. Un commerçant

est un homme qui, possédant un *capital* d'une somme quelconque, lui fait subir le plus qu'il peut de transformations, dans une suite d'échanges de valeurs ou opérations commerciales, afin de l'augmenter successivement des bénéfices que sont susceptibles de produire lesdites opérations.

11. Le *capital* du commerçant doit donc être le point de départ de tout commencement de comptabilité. Ce capital peut se transformer en valeurs d'échange réelles et en valeurs d'échange de convention. Les valeurs d'échange réelles sont :

1° Les espèces monnayées ayant cours. 2° Les marchandises, meubles et immeubles.

Les valeurs d'échange de convention sont :

1° Les promesses écrites, autrement dites billets à payer ou à recevoir, donnés ou reçus. 2° Le crédit, autrement dit les dettes ou créances contractées ou acquises.

12. C'est au moyen de ces valeurs d'échanges qu'ont lieu les opérations commerciales dans un certain nombre de combinaisons plus ou moins heureuses suivant le talent du commerçant, qui peut donner,

Ou son argent.
Ou sa promesse écrite, autrement dit un billet à payer.
Ou sa promesse de convention, autrement dit une créance sur lui au profit de quelqu'un.
Ou ses propres marchandises, meubles, immeubles ou autres objets.
Ou enfin plusieurs des valeurs ci-dessus, combinées entre elles.

} Contre des marchandises, meubles, immeubles ou autres objets qu'il reçoit en achat.

D'un autre côté il peut recevoir :

Ou de l'argent.
Ou la promesse écrite de l'acheteur, autrement dit un billet à recevoir.
Ou la promesse de convention dudit acheteur, autrement dit une créance sur celui-ci, à son profit.
Ou des marchandises, meubles, immeubles ou autres objets.
Ou enfin plusieurs des valeurs ci-dessus, combinées entre elles.

} Contre des marchandises, meubles, immeubles ou autres objets qu'il donne en vente.

13. Supposons un commerçant qui possède un *capital* de 30,000 fr. en espèces, et qui veut se livrer à des opérations commerciales. Il verse son capital dans la *caisse* de la maison de commerce qu'il établit; puis, tel jour, il achète, par exemple, deux balles de café pesant chacune 200 kilogr., ensemble 400 kilog., au prix de 4 fr. le kilog., soit 1,600 fr.; et le lendemain il vend une balle de ce même café, conte-

nant 200 kil., au prix de 5 fr. le kil., soit 1,000 fr. qui lui sont payés également en espèces. Maintenant, s'il se borne à écrire sur son JOURNAL,

Tel jour j'ai versé dans ma caisse........... 30,000 fr.

Tel jour j'ai versé au comptant deux balles de café, etc., pour..................... 1,600 »

Tel jour j'ai vendu au comptant une balle de café, etc., pour..................... 1,000 »

et si, continuant à faire de semblables opérations d'achats et de ventes au comptant, il en tient note ainsi jour par jour, il satisfera pleinement aux prescriptions du Code de commerce, et rassemblera sur son registre des éléments confus de comptabilité; mais encore une fois, un livre ne contenant que de simples éléments ne saurait lui suffire. Bientôt, en effet, il veut se rendre un compte exact des affaires qu'il a faites de telle époque à telle autre, et savoir :

1° Ce qu'il a acheté de marchandises. 2° Ce qu'il en a vendu. 3° La quantité qui lui en reste en magasin. 4° Ce qu'elles lui ont rapporté de bénéfice. 5° Si la somme qu'il a encore en caisse est égale à la différence existant entre la totalité de la somme de *capital* qu'il y a versée et de celles qu'il a reçues, et la totalité des sommes qu'il a payées.

14. C'est en classant méthodiquement ses écritures au JOURNAL, pour les reporter ensuite sur les divers *folios* d'un GRAND-LIVRE (7), qu'il obtiendra instantanément et sans recherche tous ces renseignements; pour préparer ledit classement, il devra disposer les *folios* de son GRAND-LIVRE de la manière suivante :

1° Sur le premier *folio*, il tiendra *compte* de la première écriture du JOURNAL relative à son *capital* versé en caisse, et il appellera ce *compte* CAPITAL, puis en tête de la page, à gauche du *folio*, il inscrira en grosses lettres le mot DOIT, et celui AVOIR tout pareillement en tête de la page, à droite.

2° Un autre *folio* contiendra le relevé ou *compte* de toutes les écritures du JOURNAL qui énonceront une entrée ou une sortie de marchandises. Il appellera ce *compte* MARCHANDISES GÉNÉRALES; et comme pour le précédent, il inscrira en grosses lettres, en tête de chacune des deux pages du *folio*, le mot DOIT à gauche, et à droite le mot AVOIR.

3° Un autre *folio*, enfin, contiendra le relevé ou *compte* de toutes les écritures du JOURNAL qui énonceront une entrée en caisse ou une sortie d'espèces. Il appellera ce deuxième *compte* CAISSE, et le divisera comme les deux premiers par DOIT et AVOIR.

15. En tenue de livres, disposer ainsi un *folio* du GRAND-LIVRE pour y inscrire tout ce qui est relatif à un individu ou à une valeur se dit *ouvrir un compte* à un individu, à cette valeur.

16. Cette préparation des *folios* du GRAND-LIVRE ainsi faite, il ne s'agira plus pour notre commerçant que de trouver la formule générale de rédaction sur le JOURNAL, au moyen de laquelle il pourra, sans la moindre incertitude, opérer son classement d'écritures, et les reporter aux trois comptes déjà ouverts (15), soit au DOIT, soit à l'AVOIR. Un raisonnement bien simple va nous conduire à cette formule.

17. Dans toute opération de commerce, soit achat, soit vente, il y a échange de valeurs, réelles ou de convention (10); et, naturellement dans chaque échange, l'une des deux valeurs *entre*, tandis que l'autre *sort*.

Lorsque j'achète de la marchandise à Pierre, à crédit,
— une valeur *entre :* c'est la marchandise;
— une valeur *sort :* c'est la créance que je donne sur moi à Pierre, en *échange* de la marchandise qu'il me vend.

Lorsque j'achète de la marchandise au comptant;
— une valeur *entre:* c'est toujours la marchandise;
— une valeur *sort:* c'est l'argent que je tire de ma caisse pour le donner en *échange* de la marchandise qu'on me vend.

Or, si ayant ouvert (15) un compte à Pierre sur mon Grand-Livre, j'avais à y inscrire la créance que Pierre aurait acquise sur moi en échange de sa marchandise, le simple bon sens me dit qu'il faudrait enregistrer cette créance, qui est une valeur *sortie*, du côté de l'AVOIR ou CRÉDIT de Pierre.

Dans l'autre hypothèse, comme ce n'est plus de Pierre qu'il s'agit, mais bien de ma caisse, puisque dans l'achat opéré au comptant c'est l'argent, valeur *sortie*, qui se trouve au lieu et place de la créance donnée à Pierre dans l'autre achat, je dois par analogie enregistrer la somme d'argent en question à l'AVOIR du compte de CAISSE.

Donc si la valeur qui *sort* doit figurer à l'AVOIR des comptes, où figurera la valeur qui *entre*, sinon au DOIT?

18. D'où cette formule bien simple :
En fait de valeurs réelles ou de convention,
— *Tout ce qui* ENTRE *est* DÉBITEUR, *et s'inscrit au* DOIT *ou* DÉBIT *des comptes.*
— *Tout ce qui* SORT *est* CRÉANCIER *ou* CRÉDITEUR, *et s'inscrit à l'*AVOIR *des comptes.*

19. En tenue de livres, écrire sur le JOURNAL qu'un indi-

vidu ou une valeur *doit*, c'est le *débiter*; écrire qu'*il lui est dû*, c'est le *créditer*.

20. *Passer écriture d'un article*, c'est écrire sur le Journal le libellé d'une opération quelconque.

21. Connaissant notre formule de classement, le commerçant n'éprouvera plus de difficulté pour inscrire ses achats et ses ventes sur son JOURNAL, selon les règles de la tenue des livres en partie double. Un article, cependant, pourra l'embarrasser un moment, et cet article sera le premier de son JOURNAL, celui qui énoncera le versement opéré par le commerçant lui-même, dans sa propre caisse, des espèces formant son capital; cet article l'embarrassera, parce qu'il ne lui semblera offrir aucune analogie avec l'exemple que nous avons supposé plus haut (17), d'un achat fait à Pierre, et qui nous a servi à trouver la formule de classement. Toutefois il arrivera sans un grand effort de raisonnement à établir cette analogie, et voici comment:

22. Les divers comptes que le commerçant ouvrira sur son GRAND-LIVRE à chacune des valeurs d'échange (11) qui serviront à ses opérations, seront pour lui, dans sa comptabilité, les représentants du *commerce* auquel il voudra se livrer.

Mais le compte de son *capital* le représentera lui-même personnellement dans ladite comptabilité; et ce *capital*, cause première, valeur existante avant l'établissement de son *commerce*, sera censé avoir prêté à ce commerce les espèces versées en caisse, pour qu'en fin de compte elles lui soient rendues avec bénéfice, ou peut-être même avec perte si les opérations ne réussissaient pas.

En un mot, les comptes ouverts au GRAND-LIVRE présentent un tableau fidèle des relations spéculatives que le commerce établit, d'une manière abstraite, entre les deux natures sous lesquelles on peut envisager le même individu, à savoir : celle de simple propriétaire qui prête son *capital*, et celle de commerçant qui spécule sur la transformation dudit *capital*, en diverses valeurs que l'échange doit augmenter progressivement.

En conséquence, dans une comptabilité en partie double, on peut dire que les comptes ouverts aux diverses valeurs d'échange, c'est-à-dire à MARCHANDISES GÉNÉRALES, à CAISSE, à EFFETS A PAYER, à EFFETS A RECEVOIR, à tel DÉBITEUR ou CRÉANCIER, etc., *représentent l'individu dans sa nature complexe de commerçant*, tandis que le compte ouvert à sa fortune privée, c'est-à-dire à CAPITAL, et divers autres comptes qui ne sont que les subdivisions de celui-ci, et dont nous parlerons en temps et lieu, *représentent le même individu dans sa simple nature de capitaliste*. Nous appellerons les premiers *comptes du commerce*, et les seconds *comptes de capitalisation*.

23. Après avoir trouvé une sorte d'analogie nécessaire à l'application de la formule de classement entre Pierre, être réel, et *Capital*, être de raison, le commerçant pourra se dire : Tel jour, soit le 1er janvier, ayant réalisé les 30,000 fr. que je possédais, j'en ai versé le montant en espèces dans la caisse de la maison de commerce que j'établis aujourd'hui même ; par cette opération, j'échange mon *capital* contre une maison de commerce que représenteront, sur mes livres, les comptes de diverses valeurs d'échange (11) à l'aide desquelles les opérations commerciales auront lieu ; dans cet échange, la valeur qui *entre*, c'est 30,000 fr. d'espèces ; donc cette valeur d'échange, à laquelle j'ai ouvert un compte sous le nom de CAISSE, doit être *débitée*.

La valeur qui *sort*, c'est la créance de 30,000 fr. que moi, devenu ce jour même commerçant, je suis censé donner à *Capital* représentant de moi, simple possesseur d'une fortune de 30,000 fr. ; donc cette fortune, valeur préexistante, à laquelle j'ai également ouvert un compte sous le nom de CAPITAL, doit être *créditée*.

Et il écrira, d'abord sur un brouillon de papier ;

CAISSE doit, pour le montant de ce que je possède, versé en espèces .... 30,000 fr.

Il est dû à CAPITAL, pour *idem*. .... 30,000 fr.

Mais il reconnaîtra aussitôt la présence d'un double emploi dans cet *article* ainsi *passé* (18), et il corrigera de la sorte sa première rédaction.

CAISSE doit à CAPITAL, pour, etc. .... 30,000 fr.

Enfin, il arrivera de lui-même à la rédaction consacrée par l'usage, et cette fois il écrira sur son Journal, en faisant l'ellipse du mot *doit*.

————————————1er janvier.————————————

Caisse à Capital fr. 30000, pour le montant de ce que je possède versé en espèces, ci. .... 30000 »

24. Passant au second article, il se dira :

J'ai acheté aujourd'hui 2 balles de café moyennant 1,600 fr. que j'ai payés en espèces ;

La valeur qui *entre*, c'est la marchandise ; donc cette valeur d'échange, à laquelle j'ai ouvert un compte sous le nom de MARCHANDISES GÉNÉRALES, doit être *débitée*.

La valeur qui *sort*, c'est 1,600 fr. d'espèces ; donc caisse doit être *créditée*. Et il écrira :

——————————————Le 2 janvier.——————————————

MARCHANDISES GÉNÉRALES A CAISSE, fr. 1600, pour achat
au comptant de 2 balles de café, etc., ci . . . . 1600 »

25. La formule de classement ne sera pas plus difficile à
appliquer à la vente au comptant, objet du troisième article,
qu'à l'achat du second ; il ne s'agira que de retourner les
termes du raisonnement et d'écrire.

——————————————Le 3 janvier.——————————————

CAISSE A MARCHANDISES GÉNÉRALES, fr. 1000, pour vente
au comptant de 1 balle de café pesant 200 kil. à 5 fr.
le kil.. ci. . . . . 1000 »

26. Comme il peut arriver qu'une erreur échappe en portant la somme au total d'une opération dans la colonne des
chiffres au JOURNAL, les teneurs de livres ont adopté l'usage
de répéter cette somme en l'inscrivant une première fois à
la suite immédiate de l'énoncé du *débiteur* et du *créditeur*.
S'il y a erreur dans les chiffres, la disparité des sommes
éveillera l'attention.

27. Voici donc trois *articles* d'écritures, l'un pour un versement d'espèces en caisse, l'autre pour un achat, et le troisième
pour une vente au comptant, *passés* (20) au JOURNAL, de manière à ce que le premier venu, étranger à la tenue des livres,
soit capable de les reporter au GRAND-LIVRE à l'aide unique
des indications de *débit* et de *crédit* qu'ils énoncent.

Par exemple, 1° Pour le premier article, sur la première
ligne de la page à droite, c'est-à-dire à l'AVOIR du compte
ouvert à CAPITAL, on écrira :

1er janvier. | Par CAISSE, pour le montant de ce que je
possède versé en espèces. . . . . 30000 »

Puis sur la première ligne de la page de gauche, c'est-à-
dire au DOIT ou DÉBIT du compte de CAISSE :

1er janvier. | A CAPITAL, pour le montant de ce que je
possède versé en espèces. . . . . 30000 »

2° Pour l'article suivant, sur la première ligne de la page
de gauche, c'est-à-dire au DOIT ou DÉBIT du compte de
MARCHANDISES GÉNÉRALES, on écrira :

2 janvier | A CAISSE, pour achat au comptant de café. 1600 »

Puis sur la première ligne de l'AVOIR du compte de
CAISSE :

2 janvier. | Par MARCHANDISES GÉNÉR, pour a hats, etc. 1600 »

3° Enfin pour le troisième article, au DOIT ou DÉBIT du
compte de CAISSE, où une écriture occupe déjà la première ligne, on écrira sur la seconde ligne :

3 janvier. | A MARCHANDISES GÉNÉRALES, pour vente de
café au comptant. . . . . 1000 »

Puis sur la première ligne de l'AVOIR du compte de MARCHANDISES GÉNÉRALES :

3 janvier. | Par CAISSE, pour vente de café au comptant.   1000   »

28. Et, maintenant, supposons encore une continuation d'opérations semblables à celles ci-dessus, c'est-à-dire qui n'ont eu pour objet que des achats ou des ventes au comptant et dans une proportion telle que la quantité des marchandises achetées surpasse d'un tiers celle des marchandises vendues, nous arriverons avec notre commerçant au résultat qu'il demandait (13), puisque, d'une part, en additionnant la page de gauche du compte de MARCHANDISES GÉNÉRALES, nous connaîtrons la somme totale du prix des marchandises achetées, soit 4/4 pour...   24.000 fr. » c.
et d'autre part, en additionnant la page de droite dudit compte, qui nous donnera la somme totale du prix des marchandises vendues, soit 3/4 pour.........   22,500 fr. » c.
et en ajoutant à cette somme celle des marchandises restées en magasin, soit 1/4, au prix coûtant, ci......................   6,000 fr. » c.

nous aurons un produit de...... ....   28,500 fr. » c.
duquel déduisant la somme des achats....   24,000 fr. » c.

il reste au commerçant pour son bénéfice..   4,500 fr. » c.
Opérant de même avec le compte de *caisse*, nous aurons au DOIT ou DÉBIT, pour les entrées d'espèces, un total de
....   52,500 fr. » c.
et à l'AVOIR, pour les sorties d'espèces...   24,000 fr. » c.

la somme en caisse s'élèvera à ....   28,500 fr. » c.
qui, ajoutés au prix des marchandises en magasin.............................   6,000 fr. » c.

formeront pour le commerçant un nouveau capital de..............................   34,500 fr. » c.
Somme égale au montant de son premier capital ....   30,000 fr. » c.
augmenté de ses bénéfices..............   4,500 fr. » c.

ci....................................   34,500 fr. » c.

29. Afin de rendre nos explications plus claires, nous n'avons supposé, dans les exemples ci-dessus, qu'une sorte d'échange : des marchandises contre des espèces et *vice versâ*. Mais chacun peut aisément étendre cette supposition à d'autres valeurs d'échange, et en varier les combinaisons, suivant ce que nous avons dit plus haut à ce sujet (12). Par ces exemples d'ailleurs, nous avons voulu seulement, et cela à

l'aide d'une démonstration nouvelle, faire comprendre à fond le mécanisme de la partie double ; dans la suite de ce petit Traité, nous allons développer successivement les diverses applications de notre formule de classement en présentant une série des opérations les plus naturelles et les plus fréquentes auxquelles le commerce donne généralement lieu. Ce sera pour nous une tâche bien facile si, dans ce qui précède, nos lecteurs ont bien saisi le sens de nos raisonnements.

30. On a déjà pu remarquer que l'une des conditions du classement méthodique des écritures en partie double consistait à débiter le débiteur en même temps qu'on créditait le créancier. Cette double opération forme dans chaque article une équation dont le premier membre comprend les valeurs que l'on a reçues, et le second celles que l'on a données. Cette équation se continuant dans tous les articles se reproduit dans les écritures du *Grand-Livre*, et donne lieu, à la fin des comptes, à une balance générale qui fait apercevoir s'il y a des erreurs ; c'est elle enfin qui a fait donner à la méthode le nom de *partie double*.

31. Jusqu'ici, on établissait arbitrairement dans les méthodes de tenue de livres une division de cinq *comptes généraux*, savoir : *Marchandises générales ; Caisse; Effets à recevoir ; Effets à payer*, et *Profits et pertes*.

Cette division n'est basée sur rien ; et nous ne voyons pas ce que le compte ouvert à la valeur d'échange *effets à payer* ou *à recevoir*, par exemple, a de plus *général* que celui ouvert à tel individu dont le *débit*, si nous lui donnons de la marchandise, ou le *crédit*, si c'est lui qui nous en fournit, est une valeur d'échange (11) ayant cours dans le commerce, tout aussi bien qu'un *effet à payer* ou *à recevoir*. Mais l'inconvénient réel qu'offre une division semblable c'est l'espèce de similitude qu'elle donne au compte, appelé *profits et pertes*, avec ceux des diverses autres valeurs d'échange, puisqu'elle le classe, sans distinction aucune, au nombre de ces cinq comptes soi-disant *généraux* ; or, ce compte de *profits et pertes* n'est lui-même qu'un des comptes qui représentent celui que nous appelons *capital*, et dont nous avons fait connaître la nature (22), bien différente de celle attribuée à *marchandises générales, à caisse*, etc. Il résulte de cette confusion que la plupart des teneurs de livres se servent du compte de *profits et pertes*, souvent avec embarras, et presque toujours sans pouvoir en comprendre la véritable nature. En effet, les méthodes, pour donner la formule de

rédaction des écritures au JOURNAL, disent bien comme nous :
—Tout ce qui entre est débiteur ; —Tout ce qui sort est créancier.

Mais à l'endroit du compte de *profits et pertes*, elles s'expriment généralement ainsi :

« Ce compte sert à indiquer les pertes et les bénéfices que fait
« le négociant. On porte au *débit* toutes les pertes, et à l'*avoir*
« tous les bénéfices. Ce compte se solde par celui de capital. »

Quel est l'élève qui ne croira pas trouver dans cette démonstration un véritable contre-sens avec la formule adoptée ? Quel est celui qui pourra, sans autre aide que l'explication des méthodes, se mettre en tête qu'il y a dans une *perte* quelque chose qui *entre*, et dans un *bénéfice* quelque chose qui *sort* ; précepte en vertu duquel cependant la perte s'inscrit au *débit*, et le bénéfice à l'*avoir* du compte ouvert pour ce double objet ?

Quant à nous, chaque fois que le compte de *profits et pertes* nous occupera dans la pratique, nous n'éprouverons pas plus de difficulté pour lui appliquer la formule de classement que s'il s'agissait toujours du compte de capital dont, encore une fois, il n'est que le représentant (22).

32. Ainsi que nous l'avons démontré plus haut (22), tous les comptes dont on se sert dans la tenue de livres en partie double doivent être divisés en deux grandes classes : celle des *comptes de commerce* et celle des *comptes de capitalisation*.

On peut dire, et ce qui suit le fera suffisamment comprendre, que les *comptes de commerce* sont destinés à constater les diverses fluctuations qu'éprouvent les valeurs d'échange dans leurs transformations successives, tandis que les autres comptes, en même temps qu'ils *capitalisent* le résultat des premiers, les rétablissent dans leur équilibre, ou, en style de tenue de livres, servent à les balancer.

Nous comprenons dans les comptes de commerce les suivants : —1° *Marchandises générales* et ses subdivisions ; —2° *Toute valeur réelle d'échange*, autre que marchandises ou espèces, telle que : meubles, immeubles, contrats de rentes, contrats à la grosse aventure, assurances, fonds publics, actions de commandite, part d'association commerciale ou industrielle, etc. ; —3° *Caisse* ; —4° *Effets à recevoir* et ses subdivisions ; —5° *Effets à payer* et ses subdivisions ; —6° *Tel débiteur ou créancier*.

Les *comptes de capitalisation* sont les suivants : —1° *Capital* ; —2° *Profits et pertes* ; —3° *Représentants du compte de profits et pertes*, tels que, frais généraux, dépense de maison, escomptes, commissions ; —4° *Balance de sortie;* —5° *Balance d'entrée;* —6° *Liquidation.*

Nous passerons rapidement en revue ces divers comptes des deux classes, en indiquant l'usage de chacun et des subdivisions qu'il peut comporter, afin qu'arrivés à la démonstration pratique des écritures en partie double qui termine ce Traité, nos lecteurs ne soient arrêtés par aucun obstacle.

33. MARCHANDISES GÉNÉRALES : Il nous reste peu de chose à dire sur cette valeur d'échange ; les exemples que nous avons déjà donnés (24 et 25) suffisent pour que nous soyons à même de traiter son compte en vieille connaissance chaque fois que nous le rencontrerons dans la pratique. Les subdivisions dont il est susceptible doivent seules nous occuper ici.

34. SUBDIVISIONS DU COMPTE DE MARCHANDISES GÉNÉRALES : Un commerçant peut avoir besoin de connaitre non plus seulement le résultat produit par l'achat et la vente de ses marchandises en général, mais bien celui que produit l'achat et la vente d'une espèce de marchandise en particulier; dans ce cas, il distrait cette valeur d'échange de l'ensemble de celles qui font l'objet de son commerce, et lui ouvre un compte distinct au GRAND-LIVRE, sous le nom qui lui est propre ; il va sans dire que le teneur de livres doit en user avec les comptes ouverts, dans cette intention, à *café, indigo, colza, cotons, quincaillerie, articles de Paris,* ou tout autre du même genre, comme avec le compte de *marchandises générales* lui-même. Un autre cas de subdivision dudit compte est celui dans lequel un commerçant veut trafiquer de telle partie de ses marchandises, en participation avec un ou plusieurs de ses confrères : on ouvre également un compte distinct des *marchandises générales*, à la valeur placée dans une semblable condition d'échange ; si la société est de compte à demi, par exemple, et que notre commerçant soit l'acheteur et le vendeur, il intitule le compte : *Telle marchandise de compte à demi avec un tel;* il le débite pour la moitié du prix d'achat de la marchandise qui en fait l'objet, et porte l'autre moitié au débit du compte particulier de celui avec lequel la participation a lieu ; il crédite du tout le compte de la valeur donnée en échange de ladite marchandise, et débite ensuite le *compte en participation* du montant des frais de l'opération; enfin, sous la déduction de ces frais, lorsque la vente est effectuée, il partage par moitié le bénéfice qu'elle a produit. Si l'achat et la vente, au contraire, ont lieu chez son confrère, il débite le *compte en participation* de la moitié du prix d'achat et cré-

2

dite le compte particulier de l'associé de ladite moitié; puis, lorsqu'il reçoit l'avis de la vente, il débite de la moitié de son résultat le compte de l'associé et en crédite le *compte en participation*; la différence entre le *doit* et l'*avoir* dudit compte lui fait connaître sa part de bénéfice. Enfin, s'il est chargé de l'achat et non de la vente, en faisant l'envoi des marchandises à son associé, il débite celui-ci de la moitié du prix d'achat et le *compte en participation* de l'autre moitié; il en crédite le compte de la valeur donnée par lui-même en échange, dans cet achat; et, lorsque l'associé a vendu les marchandises, il le débite au crédit du *compte en participation* de la moitié du produit; le bénéfice se trouve dans la différence entre le *doit* et l'*avoir* dudit compte. On peut encore subdiviser le compte de *marchandises générales* pour celles qu'on donne à vendre *par commission*, chez un correspondant, et pour celles dont on forme une pacotille; ces divers comptes n'ont rien d'embarrassant pour quiconque possède bien l'art d'appliquer notre formule de classement.

35. VALEURS RÉELLES D'ÉCHANGE, AUTRES QUE MARCHANDISES OU ESPÈCES : Les comptes qu'un commerçant peut ouvrir à ces valeurs n'ont aucun caractère qui les distingue du compte de *marchandises générales*, et peuvent, comme celui-ci, se subdiviser.

36. CAISSE : L'usage de ce compte nous est familier. Il ne donne lieu à aucune subdivision.

37. EFFETS A RECEVOIR : Cette valeur d'échange de convention (11) entre chez le commerçant de deux manières; soit que ses débiteurs lui donnent en paiement des effets à recevoir par voie d'endossement, soit que lui-même tire sur eux des traites ou lettres de change. Si cela pouvait lui être nécessaire, il ouvrirait un compte à *Effets à recevoir* et un autre à *Traites*, mais cette subdivision ne nous semble d'aucune utilité. Les écritures relatives aux *Effets à recevoir* se passent absolument comme celles qui concernent les espèces; mais, dans le compte qu'on leur ouvre au *Grand-Livre*, on a généralement adopté l'usage de disposer, au milieu de la page du *doit*, et au milieu de celle de l'*avoir*, deux petites colonnes. Dans la première, à la page du *doit*, on met le numéro d'ordre de l'entrée de chaque effet dont on débite le compte; et dans la première, à la page de l'*avoir*, on inscrit le numéro d'ordre de la sortie de chaque effet dont le compte est crédité; puis, dans la seconde colonne, à la page du *doit*, vis-à-vis le numéro de l'entrée, on répète le numéro de la sortie; et dans la seconde colonne, à

la page de l'*avoir*, vis-à-vis le numéro de la sortie, on répète le numéro de l'*entrée*. Il résulte de cette disposition, qu'une écriture du JOURNAL qui comprend l'entrée ou la sortie de plusieurs *effets* ne peut être reportée au GRAND-LIVRE en une seule ligne, et qu'une ligne entière, au contraire, doit être réservée à chaque effet ; ce qui, selon nous, est un inconvénient, puisque les comptes au GRAND-LIVRE ont plutôt pour but d'offrir des résultats de chiffres que des détails minutieux d'écriture déjà produits sur le JOURNAL. Parmi les *livres auxiliaires*, d'ailleurs, dont nous devons nous occuper plus loin, il y a le *livre d'enregistrement des Effets à recevoir*, qui devrait suffire à ce détail.

38. EFFETS A PAYER : Comme la précédente, cette valeur d'échange de convention (11) se produit de deux manières : soit que le commerçant souscrive des billets à l'ordre de ses créanciers, soit qu'il *accepte* les traites ou lettres de change que ceux-ci fournissent sur lui. Il peut également en faire deux comptes, et la disposition de ces comptes au GRAND-LIVRE, relativement à l'*entrée* et à la *sortie*, a lieu de même que pour les *Effets à recevoir ;* ce que nous venons de dire au sujet de ces derniers s'applique donc aussi aux *Effets à payer.*

39. TEL DÉBITEUR OU CRÉANCIER : Nos lecteurs ont vu dans l'exemple d'un achat de marchandises fait à *Pierre*, à crédit (17), que la valeur d'échange de convention (11), sortie, et qui par conséquent devait être débitée, était la créance donnée à *Pierre* en échange de sa marchandise. Le commerçant porte donc à l'*avoir* du compte de *tel* chaque créance sur lui-même, qu'il donne audit, en échange de toute autre valeur qu'il en reçoit, et au *doit* du compte de *tel*, chaque créance que lui-même acquiert sur ledit, en échange de toute autre valeur qu'il lui donne. Ainsi, lorsqu'on dit en tenue de livres, *Pierre doit à Marchandises générales*, il faut sous-entendre : *le crédit que Marchandises générales ont donné à Pierre* DOIT ; c'est-à-dire la créance qui m'est acquise sur Pierre, en échange de mes marchandises ; ou de même, quand on dit, *Il est dû à Pierre par Marchandises générales*, il faut sous-entendre : *il est dû au crédit que Pierre a donné à Marchandises générales*, c'est-à-dire à la créance acquise sur moi par Pierre, en échange de ses marchandises. Tout comme lorsqu'il s'agit de la CAISSE, dans la vente au comptant, si l'on dit, *Caisse doit à Marchandises générales*, on sous-entend *les espèces que Marchandises générales ont données à Caisse, doivent* ; et enfin, dans l'achat au comptant, si l'on dit : *Il est dû à Caisse par Marchandises géné-*

rales, on sous-entend : *il est dû aux espèces que caisse a données à marchandises générales.* Nous ne saurions trop fixer l'attention de nos lecteurs sur cette démonstration, dans laquelle se résume presque tout entière la théorie de la *partie double.*

40. Capital : De tous les comptes de capitalisation celui-ci est en quelque sorte le seul qui soit rigoureusement nécessaire, et les autres ne peuvent réellement être considérés que comme ses représentants; mais l'usage veut qu'on se serve de ces derniers, tandis que le compte de *capital* ne figure en général sur les livres qu'au point de départ et à la clôture des comptes, sauf le cas où le commerçant, soit par suite de pertes, soit pour donner de l'extension à ses affaires, augmenterait la mise de fonds de son commerce.

41. Profits et pertes : Le capital du commerçant, avons-nous dit (22), le représente lui-même, personnellement, dans ses livres; et ce capital est censé avoir prêté à son commerce une somme de valeurs d'échanges que ledit commerce doit lui rendre un jour avec bénéfice ou perte. Ce bénéfice ou cette perte résultera des combinaisons plus ou moins heureuses (12) que le commerçant fera des valeurs d'échange fournies par le capital. Ainsi, le compte de *marchandises générales*, comme nous l'avons vu par un exemple bien simple (28), au jour de la clôture des opérations, présentera une différence entre le montant de son *doit* et celui de son *avoir*; or, cette différence sera un excédant à l'*avoir*, et partant un bénéfice pour le commerçant, lequel bénéfice viendra augmenter d'autant la somme de son capital. Si, d'un côté, ce compte de *marchandises générales* devait seul constater des bénéfices, et si, d'un autre côté, les frais de bureau, de magasin, de transport de marchandises, de correspondance, les dépenses de maison, les courtages, les escomptes, les avaries, les faillites, les banqueroutes, les sinistres enfin ne diminuaient d'autant ces bénéfices, le compte de *capital* n'aurait d'autre rôle à jouer, après avoir présidé à l'ouverture des comptes, qu'à les clore en reprenant à chacun ses valeurs respectives, et de plus, à celui de *marchandises générales*, le montant des bénéfices constatés par lui; mais il n'en est pas ainsi, et à chaque bénéfice ou perte accidentels, qui signale le cours des opérations commerciales, le *capital* est là pour prélever la dîme des profits ou payer l'impôt des pertes. Toutefois, nous le répétons, l'usage a laissé de côté ce compte de capital, pour le faire représenter par plusieurs autres comptes, parmi lesquels celui de *profits et pertes* a lui-même des représentants.

Beaucoup de gens qui ne connaissent pas la tenue de livres s'étonnent de voir un compte offrir une espèce d'anomalie dans son titre : *Profits et pertes!* C'est surtout, comme nous le disions plus haut (31), l'apprenti teneur de livres qui ne sait plus où il en est lorsqu'il veut appliquer la formule générale de classement : *débiter ce qui sort, créditer ce qui entre*, et qu'il lui faut inscrire une *perte* au côté des choses qui *entrent*. Rien pourtant n'est plus simple que le mécanisme de ce compte, dès qu'on ne voit plus en lui que le représentant de *capital*, dans lequel il se fond à l'époque de chaque liquidation. Néanmoins, pour rendre plus compréhensible son usage, nous allons encore nous aider d'un raisonnement facile à saisir.

Le *capital* du commerçant est le créancier de son commerce, pour le montant de la mise de fonds, soit 30,000 fr.

Au lieu et place du capital, supposons Pierre, capitaliste, qui a prêté 30,000 fr. audit commerçant, lequel devra les lui rendre à telle ou telle époque, augmentés des bénéfices qu'ils auront produits, mais à la charge par Pierre de supporter les pertes. Il est évident que le jour où ce commerçant perdra une somme de 1,000 fr. en espèces, la créance de Pierre sera diminuée d'autant, ou plutôt le commerçant, jusqu'au jour de la liquidation, deviendra lui-même créancier de Pierre pour 1,000 fr., et pourra se dire :

J'ai fait une perte de 1,000 fr. en espèces que Pierre doit supporter.

La valeur qui *entre*, c'est la créance de 1,000 fr. qui m'est acquise sur Pierre par cette perte ; donc Pierre doit 1,000 fr.

La valeur qui *sort*, c'est 1,000 fr. d'espèces perdues ; donc il est dû à caisse 1,000 fr.

Au lieu et place de Pierre, remettons *capital*, puis faisons représenter capital par *profits et pertes*, et l'une des choses les plus abstraites de la tenue de livres en partie double n'offrira plus la moindre difficulté à notre compréhension. Tous les comptes de commerce susceptibles de gain ou de perte sont soldés par *profits et pertes*. On inscrit au débit de ce compte les pertes en tout genre, ainsi que les dépenses imputables sur les bénéfices, et auxquelles aucun compte spécial n'est ouvert, et l'on porte à l'avoir du même compte les bénéfices qui résultent d'une opération terminée, ou qui ont lieu accidentellement. Lorsque le compte de *profits et pertes* a soldé les comptes de commerce et ceux de capitalisation qui le représentent, il est soldé lui-même par le compte de *capital*.

42. Représentants du compte de profits et pertes : On subdivise le compte de *profits et pertes*, afin de pouvoir se rendre compte d'une manière plus détaillée, 1° des frais de commerce sur le montant desquels on se base assez souvent pour régler d'avance certains benèfices. Le compte ouvert à cet effet est d'un usage général ; on l'intitule : *Frais généraux.* Il doit être débité des sommes que le commerçant paie pour les appointements de ses commis, garçons de recette ou de magasin, pour le loyer des magasins et bureaux, pour les frais payés à la réception ou à l'envoi des marchandises ; pour ceux d'entretien des caisses, tonneaux, barriques, etc. On le crédite des frais dont on est remboursé, et on le solde par *profits et pertes;* 2° des *dépenses de maison:* sous ce titre on ouvre dans quelques maisons un compte à la dépense que fait le commerçant dans son intérieur ; mais il nous paraît beaucoup plus convenable de ne faire qu'un seul compte de celui-ci et du précédent ; 3° lorsqu'on fait la banque on ouvre un compte aux *escomptes ;* on le crédite du bénéfice des négociations, et on le débite des escomptes qu'on paie soi-même, ainsi que des frais ; on le solde également par *profits et pertes;* 4° enfin lorsqu'on entreprend la commission, c'est-à-dire lorsqu'on reçoit des marchandises à vendre pour compte d'autrui, on peut ouvrir un compte à *commission;* on le débite des frais qu'il occasionne, on le crédite des commissions que l'on gagne, et on le solde par *profits et pertes.*

43. Balance de sortie. Voici un compte dont à la rigueur on pourrait également se passer, car il n'est encore qu'un représentant du compte de *capital*, et rien n'empêcherait qu'on balançât avec ce dernier les comptes de commerce qui, au moment de la liquidation, présentent des soldes en valeurs d'échange dont les uns composent l'actif et les autres le passif du négociant. Dans une maison de comptabilité régulière, la *balance de sortie* se fait une fois par an, et donne lieu, à cette époque, à l'inventaire général prescrit par le Code de commerce (2); les marchandises en magasin, les meubles, immeubles ou autres objets, les espèces en caisse, les effets à recevoir en portefeuille et ce que doivent les divers débiteurs se portent au débit du compte de *balance de sortie;* on le crédite du montant des effets à payer en circulation et de ce que l'on doit à divers créanciers : la différence en plus qui doit exister au débit de ce compte, sur son crédit, forme le montant du capital du commerçant, augmenté des bénéfices faits pendant l'année. Le compte de *balance de sortie*, comme on le voit, reprend, des comptes de commerce, pour le repasser immédiatement au compte de capital, la mise de fonds que, dans nos démonstrations, nous supposons avoir été prêtée par ce dernier. C'est ce qui nous fait dire que le compte de *capital* pourrait fort bien opérer lui-même cette balance des comptes.

44. BALANCE D'ENTRÉE : Lorsque tous les comptes ont été clos par *balance de sortie* au profit de *capital*, et que le débit du débiteur est passé pour solde à son crédit, tandis que le crédit du créancier est passé pour solde à son débit, si l'on veut continuer les opérations et par suite les écritures, il faut, ainsi que cela se dit, rouvrir les comptes. C'est par un nouveau compte appelé *balance d'entrée* que les choses sont remises dans leur état normal, et que la valeur créancière retourne au crédit, tandis que la valeur débitrice reprend sa place au débit. Ce compte joue donc à l'inverse le même rôle que le précédent, et par la raison toute simple que le compte de capital n'aurait pas besoin d'être suppléé par *balance de sortie* pour fermer les comptes, aussi bien les pourrait-il rouvrir sans le secours de *balance d'entrée*. Mais l'usage a consacré ces créations de comptes accessoires, qui du reste sont plus aisés à comprendre dans la pratique que dans la théorie des méthodes.

45. LIQUIDATION : Lorsqu'un commerçant se retire des affaires, lorsqu'une société commerciale se dissout, dans un cas de faillite ou de mort, la balance générale et l'inventaire ont lieu comme nous venons de l'indiquer pour l'annuel des commerçants ; mais alors, au lieu de s'appeler *balance de sortie*, le compte qui sert à clore les autres prend le nom de *liquidation* ; c'est le dernier des comptes qui servent à capitaliser les valeurs d'échange.

46. Dans la rédaction d'une écriture sur le JOURNAL, il peut se trouver : 1° Ou un seul débiteur et un seul créancier ; —2° Ou un seul débiteur et plusieurs créanciers ; —3° Ou plusieurs débiteurs et un seul créancier ; —4° Ou plusieurs débiteurs et plusieurs créanciers.

Dans les trois derniers cas, on passe un article collectif en écrivant, lorsqu'il y a un débiteur et plusieurs créanciers, *Un tel à divers*. Lorsqu'il y a plusieurs débiteurs et un seul créancier, *Divers à un tel*. Lorsqu'il y a plusieurs débiteurs et plusieurs créanciers, *Divers à divers*.

Ces articles de *divers à divers* sont ceux qui embarrassent beaucoup les élèves et pour lesquels les professeurs font la plus grande consommation d'exemples compliqués et embrouillés à plaisir. Dans notre exercice pratique nous nous sommes borné à un seul exemple de *divers à divers*, parce que nous croyons qu'après une théorie bien comprise, il suffit d'un seul exemple convenablement choisi pour apprendre à vaincre une difficulté dans la pratique. Plusieurs teneurs de livres emploient ces mots, *les suivants*, au lieu du mot *divers*, ce qui est à-peu-près indifférent. Pourtant nous préférons le mot *divers*, parce qu'on est obligé de l'employer sur le Grand-Livre, alors même qu'on se sert des mots *les suivants* dans les articles du JOURNAL.

47. Avant de passer à notre exercice pratique, nous ne devons pas omettre une règle d'ordre indispensable au classement méthodique de la partie double. Nous voulons parler des *numéros* qui, de chaque écriture du JOURNAL, renvoient aux comptes du GRAND-LIVRE où elles doivent être reportées. Ces numéros sont ceux des folios du GRAND-LIVRE; on les place dans la marge du JOURNAL, vis-à-vis les noms du débiteur et du créancier, afin de faciliter le report des écritures à leurs comptes respectifs, ainsi que les recherches de renseignements. Sur le GRAND-LIVRE, deux petites colonnes semblables à celles que nous avons indiquées pour les comptes des effets à recevoir et des effets à payer sont disposées immédiatement avant la colonne des sommes, afin de présenter aussi à la suite du libellé de chaque article, dans la première colonne, le numéro du *folio* du JOURNAL où se trouve passé l'article reporté; et dans la seconde colonne, si c'est au côté du débit, le numéro du *folio* du compte du créancier, et si c'est au côté du crédit, le numéro du *folio* du compte du débiteur.

48. EXERCICE PRATIQUE : Les livres d'un commerçant, ainsi que nous croyons l'avoir démontré, peuvent être parfaitement tenus à l'aide de deux registres, le JOURNAL et le GRAND LIVRE. Cependant il est un autre livre d'un usage adopté par tout le monde, et aussi simple qu'utile. Sa tenue n'exige aucune étude spéciale; elle n'est assujettie à d'autres règles qu'à celles de l'exactitude et de la netteté des notes qu'on y inscrit par ordre de date et jour par jour pour toute opération qui doit donner lieu à une écriture au JOURNAL. Ce livre est appelé indifféremment MAIN-COURANTE, BROUILLARD ou MÉMORIAL. Dans une maison de commerce, chacun peut inscrire sur la *main-courante;* c'est là que se réunissent tous les éléments de comptabilité dont le teneur de livres, chargé des écritures du JOURNAL, n'a plus qu'à faire la traduction en articles passés selon la méthode. C'est donc

par une *main-courante* que nous commençons notre *exercice pratique;* cette *main-courante* comprend les notes relatives à une suite d'opérations que nous supposons faites par un négociant pendant un mois. Nous les avons variées autant que possible; mais nous nous sommes attaché surtout aux combinaisons les plus usuelles ; c'est, selon nous, le meilleur moyen de rendre utile la lecture de cet ouvrage. Chaque article de la *main-courante* porte un *numéro* qui correspond aux éclaircissements que nous allons donner ici, pour aider à traduire les notes de la *main-courante* en articles du JOURNAL. Nous engageons toutefois ceux qui voudront profiter de nos leçons à relire d'abord, jusqu'à ce qu'ils les comprennent parfaitement, les démonstrations qui précèdent, depuis le paragraphe 10, page 11; ils devront ensuite essayer de passer quelques écritures au JOURNAL, à l'aide seulement de la *main-courante,* et en cas de difficulté recourir aux éclaircissements ci-après, avant d'interroger notre modèle de JOURNAL en partie double, page 40.

Le transport des écritures du JOURNAL au GRAND-LIVRE doit avoir lieu simultanément avec celui de la *main-courante* au JOURNAL. Nous avons fait connaître plus haut (14 et 47) la manière de disposer les *folios* pour l'ouverture des comptes : on réserve en général un *folio* à chaque compte; cependant pour ceux qui ne doivent réunir que peu d'articles, le même *folio* sert à plusieurs. Il est d'ailleurs tout à fait indifférent que tel compte occupe dans le GRAND-LIVRE une place plutôt que l'autre, un répertoire alphabétique aidant à leur recherche (voyez page 51), et leur présence dans une écriture du JOURNAL devant toujours être accompagnée du numéro de leur *folio* (47).

49. Éclaircissements pour la traduction des notes.

Numéros des notes de la main-courante en écritures de Journal à partie double.

1.—Cette première opération est celle qui nous a déjà servi d'exemple (10, 11, 13, 19, 21 et 23).

2.—La caisse donne 500 fr. d'espèces; son compte doit être crédité. Il s'agit du loyer des bureaux et magasins, c'est le cas d'ouvrir le compte de *Frais généraux* (42) et de le débiter desdites espèces.

3.—Une valeur d'échange (11) entre; cette valeur est autre que marchandises ou espèces (35); elle consiste en meubles et ustensiles; c'est le cas d'ouvrir un compte de *Mobilier* et de le débiter. Il sort des espèces d'une part, et de l'autre des *effets à payer;* il y a donc à passer un article de *Mobilier* à *Divers*; à *Caisse*, les espèces; à *Effets à payer*, les billets.

4.—Un achat au comptant a lieu pour le service des bureaux. *Frais généraux* doivent être débités et la *Caisse* créditée.

5.—Nous avons eu un exemple d'article passé pour achat de marchandises au comptant (24).

6.—Martin fournit des marchandises à crédit, on ouvre un compte à *Martin* et on le crédite; on débite *Marchandises générales*.

7.—On échange des marchandises contre des valeurs de portefeuille : il faut écrire *Effets à recevoir* (37) à *Marchandises générales*.

8.—Achat au comptant. (Voir la note n⁰ 5.)

9.—On échange de l'argent et un bénéfice contre des valeurs de portefeuille : *Divers* à *Effets à recevoir; Caisse* les espèces données ; *Profits et pertes* (41) le bénéfice.

10.—Achat à crédit. (Voir la note n⁰ 6.)

11.—Nous avons un exemple d'article passé pour vente au comptant (25).

12.—On fournit des marchandises à crédit à Lenoir. On ouvre un compte à *Lenoir* et on le débite; on crédite *Marchandises générales*.

13.—Vente au comptant. (Voir la note n⁰ 11.)

14.—Achat à crédit. (Voir la note n⁰ 6.)

15.—On reçoit des marchandises et on donne en échange des effets à recevoir, un effet à payer et des espèces : *Marchandises générales* à *Divers*; à *Effets à recevoir*, ceux qu'on donne ; à *Effets à payer*, le billet ; à *Caisse*, les espèces.

16.—On échange des valeurs de portefeuille contre des espèces et une perte, ou créance sur le capital (40) : *Divers* à *Effets à recevoir; Caisse*, les espèces; *Profits et pertes*, la perte.

17.—On achète au comptant une valeur autre que marchandises ou espèces (35) ; on ouvre un compte spécial à ladite valeur, et on la débite; on crédite *Caisse*.

18.—Vente au comptant. (Voir la note n⁰ 11.)

19.—(Voir la note n⁰ 17.)

20.—On reçoit de Lenoir, sur lequel on a une créance, des effets à recevoir en échange d'une partie de cette créance : *Effets à recevoir* à *Lenoir*.

21.—En acceptant des traites fournies par Martin, créancier, on échange une partie de la créance dudit Martin contre des effets à payer : *Martin* à *Effets à payer*.

22.—On échange, sous prétexte d'escompte, des effets à payer contre des espèces et un bénéfice : *Effets à payer* à *Divers*; à *Caisse*, les espèces ; à *Profits et pertes*, le bénéfice.

23.—On échange des valeurs autres que marchandises ou espèces (35) contre des marchandises : *Marchandises générales* à *Mines de Seyssel*.

24.—Vente à crédit. (Voir la note n⁰ 12.)

25.—On échange des valeurs autres que marchandises ou espèces (35), contre des espèces : *Caisse* à *Mines de Saint-Bérain*.

26.—Achat à crédit. (Voir la note n⁰ 6.)

27.—On achète des marchandises à Martin pour le compte de Colin, moyennant commission due par ce dernier. On donne à Martin, en paiement des marchandises qu'il envoie directement à Colin, une traite sur ledit. Les seules choses qui *entrent*, dans cette opération, sont :

1° La traite fournie sur Colin ;

2° La créance acquise sur Colin pour la commiss. d'achat.

Celles qui *sortent* sont :

1° Ladite traite remise à Martin ;

2° Le bénéfice de commission ou la créance donnée au capital (40).

C'est le cas d'un article *Divers* à *Divers ;*

Effets à recevoir, la traite fournie ;

Colin, la commission ;

A *Effets à recevoir*, la même traite remise à Martin ;

A *Profits et pertes*, le bénéfice.

28.—Un incendie cause une perte de marchandises et d'espèces. Une partie de la créance de capital rentre par cette perte (40) : *Profits et pertes* à *Divers ;* à *Marchandises générales*, celles perdues ; à *Caisse*, les espèces.

29.—On échange de la marchandise et un Effet à payer contre des effets mobiliers : *Mobilier* à *Divers ;* à *Marchandises générales*, celles données ; à *Effets à payer*, celui souscrit.

30.—Les gratifications données à cause de l'incendie sont un supplément de perte. (Voir la note n° 28.)

31.—On vend au comptant des actions des Mines de Seyssel, valeurs autres que marchandises ou espèces, et l'on paie un courtage. Ce courtage diminue seulement le prix de vente et, par conséquent, ne donne lieu à aucune mention à *Profits et pertes*. On écrit donc *Caisse* à *Mines de Seyssel*.

32.—On paie des frais d'entretien de marchandises (42) : *Frais généraux* à *Caisse*.

33.—Vente au comptant. (Voir la note n° 11.)

34.—On rembourse en espèces à Durand un billet qu'on lui avait cédé et qu'on tenait de Dupuis ; il faut donc débiter Dupuis du montant de ce billet et des frais.

35.—On acquitte à échéance des billets, ils rentrent et doivent : *Effets à payer* à *Caisse*.

36.—On paie les appointements des employés et la dépense de la maison du mois (42) : *Frais généraux* à *Caisse*.

37.—On a oublié à sa date un article d'achat au comptant d'un objet mobilier : on écrit *Mobilier* à *Caisse*, en relatant que l'article a été omis tel jour.

38.—Le montant du Débit du compte de *Frais généraux* s'élève à 2,055 fr. 08 c. ; aucune somme n'est portée à son crédit. On solde ce compte par *Profits et pertes* (41).

39.—L'évaluation du mobilier a pour résultat une perte ; on en débite *Profits et pertes*.

40.—On solde de même le compte des mines de Saint-Bérain, en débitant *Profits et pertes*.

41.—Le compte des mines de Seyssel constate un bénéfice ; on en crédite *Profits et pertes.*

42.—On porte également au crédit de *Profits et pertes* le bénéfice constaté par le compte de *Marchandises générales.*

43.—Après avoir dressé l'inventaire des valeurs actives et passives, on débite le compte de *Balance de sortie* (43) du montant de l'actif que ce compte est censé reprendre au profit de *Capital*, dans un article, *Balance de sortie à Divers :*

à *Marchandises générales*, celles en magasin ;
à *Mobilier*, les meubles et ustensiles ;
à *Effets à recevoir*, ceux en portefeuille ;
aux *Débiteurs*, ce qu'ils doivent;
à *Caisse*, les espèces en caisse.

On crédite ledit compte de *Balance de sortie* du montant du passif, qu'il est censé reprendre à la charge de capital, dans un article *Divers à Balance de sortie :*

Effets à payer, ceux en circulation ;
Créanciers, ce qui leur est dû.

44.—Le solde du compte *Profits et pertes* se compose des bénéfices nets que le commerce a produits pendant la durée des opérations ; on porte ce solde au crédit du compte de *Capital.* Le solde du compte *Balance de sortie* se compose de la totalité des valeurs que possède le commerçant, c'est-à-dire de la somme de capital versée en caisse à l'ouverture des comptes et de celle des bénéfices exprimée par le solde de *Profits et pertes* ; on porte ce solde au débit du compte de *Capital* ; de même que l'on débite un créancier du montant de sa créance lorsqu'on la lui paie.

50. BALANCE DE VÉRIFICATION. Pour s'assurer de l'exactitude des écritures, il est prudent de faire, avant la balance de sortie et généralement tous les mois, ce qu'on appelle la *Balance de vérification.* La facilité avec laquelle on peut user de ce moyen de contrôle infaillible est l'avantage le plus précieux qu'offre la tenue de livres en partie double, et devrait être un puissant motif pour tous les commerçants d'adopter cette méthode. On peut dire que l'épreuve de la balance de vérification est infaillible, car elle a pour résultat de produire trois fois le même total, avec l'addition de trois réunions différentes de chiffres, savoir :

1° L'addition des sommes totales sorties, pour chaque article, dans la colonne des chiffres du *Journal* ; —2° L'addition des sommes totales du débit de tous les comptes ; — 3° L'addition des sommes totales de leur crédit.

Afin de rendre plus prompt l'emploi de la balance de vérification, le teneur de livres doit la préparer en faisant, chaque fois qu'il a rempli un *folio* du JOURNAL, l'addition de la colonne des chiffres, et en reportant la somme de cette addition de *folio* en *folio* jusqu'à ce qu'il ait obtenu l'addition totale du mois; alors il additionne également le *doit* et l'*avoir* de chaque compte du GRAND-LIVRE en particulier, et dans un tableau disposé comme celui dont nous donnons le modèle, page 50, il inscrit dans la colonne du *doit* toutes les sommes totales de débit, et dans celle de l'*avoir* toutes les sommes totales de crédit. S'il ne s'est glissé aucune erreur dans les écritures, les additions de ces deux colonnes de la balance de vérification et celle du JOURNAL seront parfaitement semblables. Tant qu'on n'a pas obtenu les deux totaux de cette balance, il est bon de n'inscrire qu'au crayon, sur le JOURNAL, les produits partiels des additions de ce livre : on évite ainsi les ratures et les surcharges qu'occasionneraient des erreurs d'addition.

51. Pour quiconque a pu faire la *balance de sortie*, la *balance d'entrée* (44) est une chose bien facile, puisqu'il s'agit tout bonnement d'opérer à l'inverse, comme on le verra par l'exemple que nous en avons donné au JOURNAL, page 46.

52. LIVRES AUXILIAIRES. Nous avons dit (14) que l'utilité des livres auxiliaires était généralement reconnue, et que, dans une comptabilité dont les écritures sont très-multipliées, ces livres devenaient presque aussi indispensables que le JOURNAL et le GRAND-LIVRE. En effet, dans les maisons de commerce un peu importantes, les deux livres principaux de la comptabilité sont comme une arche sainte confiée à la garde du teneur de livres, et dans laquelle lui seul et le commerçant peuvent pénétrer. Cependant le travail des commis exige à tous moments la communication d'une foule de renseignements touchant les marchandises, la caisse, les effets à recevoir, les effets à payer, ou enfin les comptes des divers correspondants; c'est pourquoi l'on a imaginé d'avoir un livre spécial pour chacun de ces différents objets, et dans lequel se reproduisent, sous une autre forme, les écritures de la MAIN-COURANTE, du JOURNAL GRAND-LIVRE. Lorsqu'un commerçant a plusieurs commis, il charge celui-ci de la tenue de tel *livre auxiliaire*, et celui-là de la tenue de tel autre. Les plus usités sont : 1° Le livre de caisse; — 2° Le livre d'enregistrement des effets à recevoir; — 3° Le livre des effets à payer; — 4° Le livre des marchandises; — 5° Le livre des comptes-courants; — 6° Le livre des inventaires; — 7° La copie de lettres; — 8° Le livre de factures, le livre de commissions, etc.

53. LIVRE DE CAISSE. Il est ordinairement tenu par le caissier, et lui sert à faire le contrôle de sa caisse à la fin de

chaque séance, ou de chaque semaine, ou de chaque mois. Nous donnons un modèle ce ce livre page 47.

54. Livre d'enregistrement des effets a recevoir. Les numéros à l'encre rouge, qu'on remarque sur les effets de commerce, sont ceux que le commerçant leur assigne en les enregistrant sur ce livre. On a soin que ces numéros soient les mêmes que ceux portés au compte des effets à recevoir au *Grand-Livre*, pour en marquer l'entrée. Nous avons déjà dit (37) que leur inscription dans ce compte nous paraissait au moins inutile. Pour la manière de tenir le *livre d'enregistrement des effets à recevoir*, voyez le modèle page 58.

55. Livre des effets a payer. Pour comprendre l'usage et la manière de tenir celui-ci, il suffit également de voir le modèle, page 58.

56. Livre des marchandises. Il est important de connaître sans cesse les divers mouvements qui s'opèrent dans le magasin d'un commerçant, de savoir quelles sont les marchandises qui y sont entrées, celles qui ont été vendues, celles qui restent en nature; on obtient ce résultat par le *livre des marchandises*, qui n'est, à bien prendre, qu'une copie détaillée du compte de *marchandises générales*. Chaque maison de commerce établit ce livre comme elle l'entend. La forme qui nous semble la plus avantageuse est celle du modèle que nous donnons page 60.

57. Livre des comptes courants. Ce livre est un diminutif du *Grand-Livre*. Chaque correspondant y a son compte ouvert par *doit* et *avoir;* mais les articles y sont inscrits au débit sans indication du créditeur, et au crédit sans indication du débiteur. Quelquefois les comptes courants ont pour but de présenter le précis de toutes les opérations qui ont eu lieu entre deux négociants pendant un certain temps, et de déterminer de combien l'un d'eux est redevable à l'autre, non-seulement en considérant les valeurs que chacun d'eux a reçues, mais encore en y comprenant les intérêts de ces valeurs, dont les négociants sont convenus de tenir compte à un taux établi entre eux, et que la loi limite à 6 0/0. Dans ce cas, les comptes courants sont tenus de manière à recevoir, dans des colonnes disposées à cet effet, le résultat en chiffres d'un calcul d'intérêt. Mais cette espèce de comptes courants portant intérêt est plus usitée dans la banque que dans le commerce; c'est pourquoi nous ne croyons pas devoir entrer dans de plus longs développements à son égard.

58. Livre des inventaires. Ce livre est prescrit par le Code de commerce (2). On y copie l'inventaire général

qu'on est tenu, dans la rigueur de la loi, de faire chaque
année. Nous donnons, page 62, le modèle d'un inventaire
général ou bilan.

59. COPIE DE LETTRES. La loi prescrit encore au commerçant de mettre en liasse les lettres qu'il reçoit, et de copier
sur un registre celles qu'il envoie (2). C'est par la tenue du
copie de lettres que débutent d'ordinaire les jeunes gens qui
sont employés dans les bureaux d'un commerçant.

60. LE LIVRE DE FACTURES et LE LIVRE DE COMMISSION,
dont les roms indiquent suffisamment l'usage, sont employés
dans beaucoup de maisons de commerce; chacune d'elles
affecte, du reste, à ses besoins spéciaux tel livre auxiliaire
qui peut lui être utile, et l'on ne saurait établir aucune règle
pour la tenue de ces divers registres, véritables corps francs
de la comptabilité.

61. PARTIE SIMPLE. Nous avons promis à nos lecteurs (5)
de leur donner en peu de lignes la clef de la *partie simple*, et
nous nous sommes réservé pour la fin de cet ouvrage l'ac-
complissement de notre promesse, afin d'avoir une tâche
plus facile à remplir. En effet, après avoir étudié la *partie
double*, la connaissance de la vieille méthode n'est plus rien
à acquérir.

Les écritures se tiennent en *partie simple* au moyen d'un
JOURNAL, d'un GRAND-LIVRE et de *Livres auxiliaires*. Aucun
livre, dans cette méthode, ne remplit, à lui seul, les conditions de la loi.

62. JOURNAL A PARTIE SIMPLE. On n'inscrit sur ce JOURNAL
que le résultat des opérations qui constituent le commerçant
débiteur ou créancier de tel ou tel individu. Tout le classement des écritures consiste à les disposer de manière qu'on
puisse les relever dans un compte ouvert à chaque individu
par *doit* et *avoir*. Ni les achats, ni les ventes au comptant,
ni les dépenses en tout genre, ni les négociations, ni les profits, ni les pertes enfin ne sont portés sur le *Journal à partie
simple*; aussi, celui dont nous donnons le modèle, page 64,
ne se compose-t-il que d'une partie des articles notés sur la
main-courante. Un achat fait à crédit à Martin est l'objet du
premier article, dans lequel le mot AVOIR, écrit en grosses
lettres devant le nom de Martin, le désigne comme créancier.

Un autre article, le troisième, concerne une vente faite à
Lenoir, à crédit; celui-ci figure dans cet article comme débiteur, ainsi que l'indique le mot DOIT, placé devant son
nom. Voilà pour le *Journal à partie simple*.

63. GRAND-LIVRE A PARTIE SIMPLE. Ce livre est disposé

comme celui des comptes courants sans intérêts, dont nous avons fait connaître la forme (57). Sur la page à gauche se trouve le mot *Doit*, où les articles de débit sont reportés du *Journal* sans indication de créancier, et sur la page à droite est l'*Avoir*, où les articles de crédit sont également reportés sans indication de débiteur. Une seule petite colonne y est donc nécessaire, avant celle des sommes, pour y placer le numéro de *folio* du Journal. On inscrit de même sur le Journal, en face le nom de chaque individu, le numéro de *folio* du Grand-Livre, où son compte est ouvert. Voir, p. 63, le modèle du Grand-Livre à partie simple ; nous avons mis un numéro de *folio* différent pour chacun des six comptes qui s'y trouvent, afin de pouvoir établir un système numérique de renvoi entre le Journal et le Grand-Livre.

64. Livres auxiliaires de la partie simple. Ils sont tenus dans la partie simple comme dans la partie double, et c'est la seule chance de salut offerte à cette comptabilité bâtarde. En effet, ces *livres auxiliaires* y remplacent en quelque sorte les *comptes de commerce* de la partie double. Le *livre de marchandises* y supplée au compte de *marchandises générales;* le *livre de caisse* au compte de *caisse ;* l'*enregistrement des effets à recevoir* à leur compte, et le *livre des effets à payer* au compte desdits effets. Au moyen de son Grand-Livre et de ces cinq *livres auxiliaires*, le commerçant qui tient ses écritures en *partie simple* peut établir l'inventaire de ses valeurs actives et passives, et connaître l'ensemble de sa situation ; mais, nous le répétons ici pour la dernière fois, il n'a à sa disposition ni moyen de contrôle. ni renseignements exacts et détaillés sur chacune de ses diverses opérations.

EXERCICE PRATIQUE

DE

TENUE DE LIVRES EN PARTIE DOUBLE

ET EN PARTIE SIMPLE,

ou

Modèles des différents livres employés dans toute comptabilité commerciale.

MAIN-COURANTE
Commencée le 1er janvier 1850.

——————————— *Du 1er janvier.* ———————————

1. Ayant réalisé en espèces le montant de ce que je possède, je l'ai VERSÉ EN CAISSE, afin de le faire valoir dans la maison de commerce que je fonde aujourd'hui. ci. 30000

---

2. PAYÉ un terme d'avance du loyer de mes bureaux, » magasins et de mon logement, ci.................... 510 »

——————————— *Dudit* ———————————

3. ACHETÉ A ROBERGE, tapissier, pour 6000 fr. de meubles et divers objets, dont il m'a remis sa facture, que j'ai soldée moitié en espèces, et l'autre moitié en mes trois billets à son ordre, comme suit :
N° 1, 1000 fr. » c. fin janvier prochain ;
   2, 1000   »   fin février   do ;
   3, 1000   »   fin mars   do.

    3000   »

Ci.. 6000 »

——————————— *Du 2 janvier.* ———————————

4. ACHETÉ AU COMPTANT pour le service de mes bureaux et magasins diverses fournitures, dont facture montant à.. 300

——————————— *Du 3 janvier.* ———————————

5. ACHETÉ A LENOIR, au comptant :
8 balles de café Martinique, pesant net ensemble 1610 kilog. à fr. 3 50 le kilog. ci.................... 5635 »

——————————— *Du 4 janvier.* ———————————

6. ACHETÉ A MARTIN, de Nantes,
4 balles de café Bourbon, pesant net ensemble 445 kilog. à fr. 2 70 le kilog., ci............................ 1201 50

——————— *Du 5 janvier.* ———————

7. VENDU A DUPUIS,
bailles de café Martinique, pesant net ensemble
1200 kilog. à 3 fr. 75 le kilog., ci............... 4500
qu'il m'a payées comme suit :
Fr. 1200 » billet Dufour, de Lyon 0/ Dupuis, 25 jan-
           vier courant;
     1428 75 billet Ledoux 0/ Gérard au 15 février pro-
           chain.
     1871 25 billet Dupuis à m/ 0/, au 15 février pro-
           chain.
     ————
     4500 » ci.................................... 4500 »

——————— *Du 6 janvier.* ———————

8. ACHETÉ AU COMPTANT,
4 barriques de sucre, pesant net ensemble 1600 kilog.
à fr. 2 » le kilog., ci............................... 3200 »

——————— *Du 7 janvier.* ———————

9. PRIS A ESCOMPTE DE MALDAN, courtier, les effets
dont le bordereau suit :
940 fr. c. Bᵗ Roublot, du 1ᵉʳ janvier, 0/ Caron , au
            10 février ;
870   dᵒ Certain, du 15 décembre 1837, 0/ Re-
            bour, fin février;
1325   » dᵒ Bontemps, du 24 novembre 1837, 0/ Co-
            lin, fin janvier;
2468   » dᵒ Lafleur, du 1ᵉʳ d.1837, 0/ Delattre, fin f.;
————
5603   » ensemble , sur lesquels j'ai payé en es-
            pèces 5535 44
Escompte à 6 0/0 l'an et commission à 1/2 0/0
pour solde............................... 67 56

Somme égale......................... 5603 00
Ci.. 5603 »

——————— *Du 8 janvier.* ———————

10. ACHETÉ A MARTIN, de Nantes ,
3 caisses indigo, pesant net ensemble 525 kilog. à 32 fr.
le kilog., ci....................................... 16800 »

——————— *Du 9 janvier.* ———————

11. VENDU AU COMPTANT. par l'entremise de Maldan,
courtier,
4 barriques de sucre, pesant net ensemble 1600 kilog.
à fr. 2 50 le kilog., ci..................... 4000 »
1/2 0/0 de courtage à déduire.............. 20 »

Reste....................... 3980 »
Ci.. 3980 »

——————— *Dudit.* ———————

12 VENDU A LENOIR,
1 caisse indigo, pesant net 175 kilog. à fr. 35 50 le
kilog., ci....................................... 6212 50

————— *Du* 10 *janvier.* —————
13. VENDU AU COMPTANT,
1 caisse indigo, pesant net 175 kilog. à fr. 35, ci...... 6125 »

————— *Du* 11 *janvier.* —————
14. ACHETÉ A BALGUERIE, de Bordeaux,
10 balles de coton, pesant net ensemble 1330 kilog. à
fr. 2 le kilog., ci.................................... 2660 »

————— *Du* 12 *janvier.* —————
15. ACHETÉ A DURAND,
40 caisses de savon, pesant net ensemble 8480 kilog.
à fr. 1 » le kilog., et dont je lui ai payé le montant
comme suit :
2 balles de café Martinique, pesant net ensemble
410 kilog. à fr. 4 » le kilog., ci............... 1640 »
Ma remise des effets ci-après :
Nº 1, 1200 fr. Bᵗ Dufour, de Lyon, 25 janvier;
  5,   870 »   dᵒ Certain, fin février ;
  6, 1325 »   dᵒ Bontemps, fin janvier ;
  7, 2468 »   dᵒ Lafleur. fin février.
  ———————
   5863 »

Ensemble, ci...............	5863 »	
m/ billet à s/ 0/ fin février prochain de......	800 »	
Pour solde en espèces....................	177 »	
Total......................	8480 »	
Ci..........................	8480 »	8480 »

————— *Du* 13 *janvier.* —————
16. REMIS A ESCOMPTE A LA CAISSE LAFFITTE les effets
ci-après :
Nº 2, 1428 fr. 75 c. Bᵗ Ledoux, au 15 février ;
  3, 1871   25   dᵒ Dupuis,   dᵒ   dᵒ ;
  ———————
   3200 fr. »

Reçu en espèces......	3265 35	
Escompte et commission pour solde.. ; ...	34 65	3300 »

————— *Du* 14 *janvier.* —————
17. ACHETÉ à la Bourse de ce jour, au comptant,
10 actions des *mines de St-Bérain* et St-Léger, de
1000 fr. chaque, numérotées 2742 à 2751 inclus, et au
cours de 950 fr., ci...................... 9500 »

————— *Du* 15 *janvier.* —————
18. VENDU AU COMPTANT à divers,
1 caisse indigo, pesant net 175 kilog. à fr. 36 le kilog.,
ci.................... 6300 »
5 balles coton, pesant net ensemble 665 kilog.
à fr. 2 50 le kilog., ci............... 1662 50
10 caisses savon, pesant net ensemble 2120 k.
à fr. 1 25 le kilog............... 2650 »

Total...........	10612 50	
Ci..............	10612 50	10612 50

19. ACHETÉ à la Bourse de ce jour, au comptant,
10 actions des *mines d'asphalte de Seyssel*, de 1000 fr.
chaque, numérotées 4360 à 4369 inclus et au cours de
1250 fr., ci. . . . . 12500 »

20. REÇU DE LENOIR sa remise des effets ci-après :
1346 fr. 50 c. Bᵗ Lenoir, dudit jour à m/ 0/ au 15 février
            prochain ;
1940 » 50 » d⁰ Lenoir, dudit jour à m/ 0/ au 15 mars
            prochain ;
1325 » 50 » d⁰ Lenoir, dudit jour à m/ 0/ au 15 avril
            prochain.

4612 fr. 50 c.
        Ci. 4612 50

21. ACCEPTÉ les deux traites faites sur moi par MAR-
TIN, de Nantes, à l'ordre de Quantin ;
6000 fr. » fin courant ;
6000 » » au 15 février prochain.

12000 fr. » Ci. . . . . 12000 »

22. REPRIS A ESCOMPTE de 6 0/0 et 1/2 0/0 de commission mes billets ci-après :
N° 1, 1000 fr. » 0/ Roberge, fin janvier courant ;
   2, 1000 » » d⁰ Roberge, fin février prochain ;
   3, 1000 » » d⁰ Roberge, fin mars prochain.

   3000 fr. »
          Espèces, fr. 2964 50
   Escompte et commission pour solde. 35 50

                   Ci. . . . . 3000 »

23. ACHETÉ A BAOUR, de Bordeaux,
10 barriques vin de Bordeaux, Mouton, 1827, 1210 fr.
l'une, rendues à l'entrepôt de Paris, et pour lesquelles
j'ai donné en paiement :
4 actions de 1000 fr. des mines de Seyssel, numéros
4360 à 4363, au prix de 3025 fr. chaque, suivant le cours
de la Bourse de ce jour, ci. . . . . 12100 »

24. VENDU A MEURICE, de Calais,
4 barriques vins de Bordeaux, Mouton, 1325 fr. l'une,
prises à l'entrepôt, ci. . . . . 5300 »

25. VENDU à la Bourse de ce jour mes dix actions, de
1000 fr. chaque, sur les mines de St-Bérain au cours de
625 fr. ci . . . . 6250 »

—————————— *Du 23 janvier.* ——————————
26. Acheté a Balguerie, de Bordeaux,
50 balles coton, pesant net ensemble 6650 kilog. à
fr. 2 » le kilog., ci. 13300   »
—————————— *Du 24 janvier.* ——————————
27. Acheté a Martin, de Nantes, pour compte de Colin, du Havre, moyennant commission de 2 1/2 0/0.
5 caisses indigo, pesant net ensemble 2625 kilog. à
fr. 30 » le kilog., rendues au Havre, et pour prix desquelles j'ai remis à *Martin*, m/ traite à S/ 0/ à 90 jours
sur *Colin*, Nº 11. 78750   »·.
Colin me doit pour ma commission. 1968 75
                  Total. 80718 75
—————————— *Du 25 janvier.* ——————————
28. Le feu ayant pris dans mon magasin, les marchandises ci-après ont été perdues :
2 balles coton, pesant net ensemble 266 kilog à
fr. 2 » le kilog., prix d'achat, ci. . . . . 532 »
1 caisse de savon, pesant net 212 kil. à fr. 1 »
kilog., ci. 212 »
                  Total. . . . , ... 744 »
Les autres dégâts et les réparations locatives à
faire par suite du sinistre ont été expertisés à la
somme de. 522 »
                  Total. . . . . 1266 »
Que j'ai payée en espèces au propriétaire de la maison, ci. 1266   »
—————————— *Du 26 janvier.* ——————————
29. Acheté à Maldan, courtier,
1 cabriolet, 1 cheval et 1 harnais au prix de 2400 que
j'ai soldé comme suit :
1 barrique vin de Bordeaux, Mouton. ci. . . . 1500 »
Nº 6. Mon billet 0/ Maldan, fin courant. . . . 900 »
                  Somme égale. . . , ... 2400
                  Ci.   2400   »
—————————— *Du 27 janvier.* ——————————
30. J'ai payé aux pompiers et à diverses personnes qui
ont éteint l'incendie dans mon magasin, à titre de grati-
fication.   500   »
—————————— *Du 28 janvier.* ——————————
31. Vendu à la Bourse de ce jour six actions de 1000 fr.
des mines de Seyssel au prix de 9575 chaque, ci. 57450   »
Courtage à déduire, 1/4 p. 0/0. . . , ... 143 65
                  Reste. 57306 35
                  Ci. . . . . : 57306 35
—————————— *Du 28 janvier.* ——————————
32. Payé a Girard, tonnelier à l'entrepôt des vins, le
montant de sa note de frais faits pour mon compte. ci. .   221 75

33. VENDU AU COMPTANT, par l'entremise de Maldan, courtier,

5 barriques de vin de Mouton à 1500 fr. chaque,
ci. . . . . 7500 »

Courtage à déduire, 2 0/0. . . . . 150 »

Reste. . . . . 7350 »
Ci. . . . . 7350 »

34. REMBOURSÉ A DURAND, en espèces, le billet n⁰ 1, fr. 1200, souscrit par Dufour, de Lyon, à l'ordre de Dupuis, qui me l'avait passé, et protesté faute de paiement, le 25 courant; compte de retour et frais ensemble. 1226 80

35. PAYÉ mes billets échus ce jour :
N⁰ 5, fr. 6000 » Traite Martin 0/ Quantin;
7, » 900 » Billet 0/ Maldan.

6900 » Ci. 6900 »

36. PAYÉ pour un mois d'appointements à mes employés :
F. 200 » à M. Richard, 1er commis;
100 » à M. Duval, 2e commis;
100 » au garçon de magasin;

400 » Ci. 400 »
Pour un mois de la dépense de ma maison. . . 633 33   1033 33

37. ACHETÉ AU COMPTANT un peseur pour mon magasin (article omis le 3 janvier). . . . .   200 »

38. Les sommes que j'ai déboursées pour frais de loyer de mes bureaux et magasin, frais de bureaux, escomptes, sinistres, dépense de maison, m'ont constitué en perte de   2055 08

39. J'ai fait l'évaluation de mes meubles et ustensiles; de la différence du prix d'achat à celui de l'estimation il est résulté une perte de. . . . .   600 »

40. J'ai perdu sur l'opération des mines de St-Bérain.   3250 »

41. J'ai bénéficié sur l'opération des mines de Seyssel, de. 56906 35

42. J'ai bénéficié sur la vente de mes marchandises de 6030 »

43. Mes comptes étant arrêtés à la date de ce jour, l'inventaire de mes valeurs actives et passives a donné le résultat suivant :

Créanciers divers.

MARTIN, de Nantes.	Fr.	6001 50
BALGUERIE, de Bordeaux.		15960 »
		21961 50

Billets à payer.

Nº 4, fr. 800 » O/ Durand, fin février:
  6, » 6000 » Traite Martin, O/ Quantin,
      15 février;

6800 » Ci.		6800 »

Total de mon passif. 28761 50

Débiteurs divers.

LENOIR.	Fr.	1600 »
MEURICE, de Calais.		5300 »
COLIN, du Havre.		1968 75
DUPUIS.		1226 80
Ensemble.		10095 55

Effets à recevoir en portefeuille.

Nº 4, fr. 940 » Bᵗ Roublot, O/ Caron,
        10 février;
   8, » 1346 50 Bᵗ Lenoir, à m/ O/, 15 février.
   9, » 1940 50 Bᵗ Lenoir, à m/ O/ 15 mars.
  10, » 1325 50 Bᵗ Lenoir, à m/ O/ 15 avril.

5552 50 Ci.		5552 50

Marchandises en magasin :

4 balles café Bourbon pesant 445 kilog. à
fr.2,70 le kilog. 1201 50
 29 caisses savon, pesant 6148 kil.
  à fr. 1.. . . . . 6148 »
 53 balles coton, pesant 7049 kil.
à 2 fr. . . . . 14098 »

Ci.		21447 50

Mobilier, ustensiles de bureaux, cabriolet, cheval, harnais, etc., le tout évalué. . 8000 »
Espèces en caisse. 70968 38

Total de l'actif.		116063 93
Le passif s'élevant à.		28761 50
Mon capital est de fr.		87302 43
Ci. . . . , ...		87302 43

44. Le 1ᵉʳ janvier courant mon capital était de
fr.. 30000 »
Mes bénéfices se sont élevés à. 57302 43

Somme égale. 87302 43

Fol. 1.   *Commencé le* 1er *janvier* 1850.

	——————— Du 1er *janvier.* ———————		
2	CAISSE A CAPITAL, fr. 30000.		
·	Pour le montant de ce que je possède versé en caisse en espèces, ci.	30000	»
	————————*Dudit*————————		
4	FRAIS GÉNÉRAUX A CAISSE, fr. 500.		
—	Pour un terme payé d'avance du loyer de mes bu-		
2	reaux, magasin et de mon logement, ci.	500	»
	————————*Dudit.*————————		
4	MOBILIER A divers, fr. 6000.		
—	Pour achat, à Roberge, tapissier, de meubles et divers objets, dont facture que j'ai soldée comme suit ;		
2	à CAISSE pour à-compte donné en espèces, fr. 3000		
3	à EFFETS A PAYER, pour les suivants que		
	j'ai souscrits à l'O/ de Roberge.		
	No 1, fr. 1000, fin janvier prochain.		
	2, 1000, fin février prochain.		
	3, 1000, fin mars prochain.		
	fr. 3000, ci 3000	6000	»
	——————— Du 2 *janvier.* ———————		
4	FRAIS GÉNÉRAUX A CAISSE, fr. 300.		
—	Pour achat au comptant de diverses fournitures de		
2	bureau, dont facture, ci. . . , ... 300	300	»
	——————— Du 3 *janvier.* ———————		
1	MARCHANDISES GÉNÉRALES A CAISSE,		
—	fr. 5635. . .		
	Pour achat au comptant, à Lenoir, de 8 balles café Martinique, pesant net ensemble 1610 kil. à 3 f. 50 le kilog., ci	5635	»
	——————— Du 4 *janvier.* ———————		
	MARCHANDISES GÉNÉRALES A MARTIN, de		
	Nantes. fr. 1201 50.		
	Pour achat de 4 balles café Bourbon, pesant net en- semble 445 kil. à fr. 2 70 le kil., ci	1201	50
	——————— Du 5 *janvier.* ———————		
	EFFETS A RECEVOIR A MARCHANDISES		
	GÉNÉRALES, fr 4500.		
	Pour le montant de la vente faite à Dupuis de 6 balles de café Martinique, pesant net ensemble 1200 kil., à fr. 3 75 le kil., et qu'il m'a soldée comme suit :		
	fr. 1200, , B Dufour, de Lyon. O. Dupuis, au 25 janvier courant.		
	1428 75, » Ledoux, O. Gérard, au 15 février prochain.		
	1871 25, » Dupuis, à m. O., au 15 février chain.		
	fr. 4500 » ci	4500	»
	Transporté en l'autre part.	48136	50

	Transport	48136	50

———— *Du 6 janvier.* ————

1 MARCHANDISES GÉNÉRALES A CAISSE,
fr. 3200

2 Pour achat au comptant de 4 barriques sucre, pesant
net ensemble 1600 kil. à fr. 2 le kil., dont facture, ci. | 3200 | » |

———— *Du 7 janvier.* ————

3 EFFETS A RECEVOIR A DIVERS, fr. 5603.
Pour les suivants, pris de Maldan, courtier, à l'escompte de 6 0/0 l'an et 1/2 de commission :
fr. 940, Bt Roublot, du 1er janvier, *O.* Caron,
au 10 février prochain.
870, » Certain, du 15 décembre 1849, *O.* Re-
bour, fin février prochain.
1325, » Bontemps, du 24 novembre 1849, *O.*
Colin, fin janvier prochain.
2468, » Lafleur, du 1er décembre 1849, *O.* Delattre, fin février prochain.

fr. 5603.
2 à CAISSE, payé en espèces. . . . . fr. 5535 44
4 à PROFITS ET PERTES, escompte et
commission. . . . . 67 56 | 5603 | » |

———— *Du 8 janvier.* ————

MARCHANDISES GÉNÉRALES A MARTIN,
de Nantes, fr. 16800.
1 Pour achat de 3 caisses indigo, pesant net ensemble
525 kil., à fr. 32 le kil., ci. | 16800 | » |

————*Du 9 janvier.* ————

2 CAISSE A MARCHANDISES GÉNÉRALES,
fr. 3980
1 Pour vente au comptant, par l'entremise de Maldan, courtier, de 4 barriques sucre, pesant net
ensemble 1600 kil. à fr. 2 50 le kil. . . . . fr. 4000
1/2 p. 0/0 de courtage, à déduire, 20

net. . . . . fr. 3980 | 3980 | » |

———— *Dudit.* ————

6 LENOIR A MARCHANDISES GÉNÉRALES,
fr. 6212 50
1 Pour vente d'une caisse indigo, pesant net 175 kil., à
fr. 35 50 le kil., ci. . . . . | 6212 | 50 |

———— *Du 10 janvier.* ————

2 CAISSE A MARCHANDISES GÉNÉRALES,
fr. 6125.
1 Pour vente au comptant de 1 caisse indigo, pesant net
175 kilog., à fr. 35 le kil., ci. . . . . | 6125 | » |

———— *Du 11 janvier.* ————

1 MARCHANDISES GÉNÉRALES A BALGUERIE,
DE BORDEAUX, fr. 2660.
5 Pour achat de 10 balles coton, pesant net ensemble
1330 kil., à fr. 2 le kil., ci. . . . . | 2660 | » |

| | *Transporté en l'autre part.* . . . . . | 92717 | » |

Transport. . . . . | 92717 | »

———————*Du 12 janvier.*———————

1 | MARCHANDISES GÉNÉRALES A DIVERS.
fr. 8480.

Pour achat, à Durand, de 40 caisses savon, pesant net ensemble 8480 kil., à fr. 1 le kil., dont facture que j'ai soldée comme suit :

1 | à MARCH. GÉN., donné pour comptant 2 balles café Martinique, pesant net ensemble 410 kil. à fr. 4 le kil., ci. . . . . fr. 1640

3 | à EFFETS A RECEVOIR, ma remise des suivants :

Nº 1, fr. 1200, Bᵗ Dufour, de Lyon, au 25 janvier prochain.

5,   870,   » Certain, fin février prochain.

6, 1325,   » Bontemps, fin janvier prochain.

7, 2468,   » Lafleur, fin février, id.

fr. 5863, ci. 5863

3 | à EFFETS A PAYER, pour le mien, à l'O. de Durand, fin février prochain de. 800

2 | à CAISSE, pour solde en espèces. . . . . . . 177 | 8480 | »

——————— *Du 13 janvier.* ———————

DIVERS A EFFETS A RECEVOIR, fr. 3,300.

3 | Remis à l'escompte à la Caisse Laffitte les effets ci-après :

Nº 2, fr. 1,428 75, Bt. Ledoux, au 15 février.

3,   1,871 25, » Dupuis, dᵒ   dᵒ

2 | CAISSE, pour espèces reçues. . . . . fr. 3,265 35

4 | PROFITS ET PERTES, pour escompte et commission. . . . . 34 65 | 3300 | »

——————— *Du 14 janvier.* ———————

1 | MINES DE SAINT-BÉRAIN A CAISSE fr. 9,500.

Pour achat au comptant, à la Bourse de ce jour, de 10 actions desdites mines, de fr. 1,000 chaque, numérotées 2,742 à 2,751 inclus, et au cours de 950 fr., ci. . . . . | 9500 | »

——————— *Du 15 janvier.* ———————

2 | CAISSE A MARCH. GÉN., fr. 10,607 50.

1 | Pour vente au comptant, dont détail à la main courante. . . . . | 10612 | 50

——————— *Du 16 janvier.* ———————

6 | MINES DE SEYSSEL A CAISSE, fr. 12,500.

2 | Pour achat au comptant, à la Bourse de ce jour, de 10 actions desdites mines, de 1,000 fr. chaque, numérotées 4360 à 4369 inclus, et au cours de fr. 1,250, ci. . . . . | 12500 | »

Transporté en l'autre part. . . . . |137109 | 50

	Fol. 4.	*Transport.*	137109	50

— *Du 17 janvier.* —

3 / 6 — EFFETS A RECEVOIR A LENOIR, fr. 4,612 50.
Pour sa remise des suivants :
   fr. 1346 50) Bⁱⁱ Lenoir, | 15 février prochain.
   1940 50 } dudit jour. { 15 mars prochain.
   1325 50) à m. O., au) 15 avril prochain.

fr. 4,612 50, ci. . . . . **4612 | 50**

— *Du 18 janvier.* —

6 / 3 — MARTIN, de Nantes, A EFFETS A PAYER
  fr. 12,000.
Pour les deux traites qu'il a fournies s. moi, à l'O.
de Quantin, et que j'ai acceptées
  fr. 6,000, fin courant,
     6,000, au 15 février prochain.

fr. 12,000, ci. . . . . **12000 | »**

— *Du 19 janvier.* —

3 — EFFETS A PAYER A DIVERS, fr. 3,000.
Pour escompte à 6 p. 0/0 l'an et 1/2 de commission,
de mes billets ci-après :
N° 1, fr. 1000,   fin janvier courant.
   2,   1000, O. Roberge, fin février prochain.
   3,   1000.   fin mars prochain.
2 à CAISSE, payé en espèces. . . . . fr. 2,964 50
4 à PROFITS ET PERTES, escompte et
  commission. . . . . 35 50 **3000 | »**

— *Du 20 janvier.* —

1 / 6 MARCHAND. GÉN. A MINES DE SEYSSEL,
  fr. 12,100.
Pour achat à Baour, de Bordeaux, de 10 barriques
vin de Bordeaux, Mouton 1827, à fr. 1,210 l'une,
rendues à l'entrepôt de Paris, dont facture, que
j'ai soldée en cédant audit 4 actions de 1,000 fr.
des mines de Seyssel, nᵒˢ 4360 à 4363 inclus, au
prix de 3,025 fr. chaque, suivant le cours de la
Bourse de ce jour, ci. . . . . **12100 | »**

— *Du 21 janvier.* —

6 / 1 MEURICE, de Calais, A MARCH. GÉN.,
Pour vente de 4 barriques vin de Bordeaux, Mouton,
à fr. 1,325 l'une, prises à l'entrepôt. **5300 | »**

— *Du 22 janvier.* —

2 / 1 CAISSE A MINES DE ST-BÉRAIN, fr. 6,250.
Pour le produit de la vente faite à la Bourse de ce
jour de 10 actions de 1,000 fr. sur lesdites mines,
au cours de fr. 625, ci. **6250 | »**

— *Du 23 janvier.* —

1 / 5 MARCH. GÉN., A BALGUERIE, de Bordeaux,
  fr. 13,300.
Pour achat de 50 balles de coton, pesant net en-
semble 6,650 kil., à fr. 2 le kil. . ci. . . . . **13300 | »**

Transporté en l'autre part. . . . . **193672 | »**

————— *Du 24 janvier.* —————

— | DIVERS à DIVERS. fr. 80,718 75.

Pour achat à Martin, de Nantes, p. compte de Colin, du Havre, et moyennant commission de 2 1|2 p. 0|0, de 5 caisses indigo, pesant net ensemble 2,625 kil., à fr. 30 le kil., dont facture soldée comme suit :

3 | EFFETS A RECEVOIR, ma traite *O.* Martin sur Colin, à 90 jours, n° 11 . . . . fr. 78,750

6 | COLIN, DU HAVRE, pour ma commission, à 2 1|2 p. 0|0, sur 78,750 . . . . .   1,968 75

3 | à EFFETS A RECEVOIR, pour madite traite sur Colin, dont je fais remise à Martin pour solde de sa facture . . . . fr. 78,750

4 | à PROFITS ET PERTES, ma commission . . . . 1,968 75 | 80718 | 75

—————— *Du 25 janvier.* ——————

4 | PROFITS ET PERTES A DIVERS, fr. 1,266.

— | Pour la perte causée par l'incendie qui a éclaté dans mon magasin.

1 | à MARCH. GÉN., celles que le feu a détruites, dont détail à la main-courante . . . . fr. 744

2 | à CAISSE, pour la réparation des dégâts, que j'ai soldée en espèces . . . . 522 | 1266 | »

—————— *Du 26 janvier.* ——————

4 | MOBILIER A DIVERS, fr. 2,400.

— | Pour achat, par l'entreprise de Maldan, courtier, d'un cabriolet, cheval et harnais, au prix de fr. 2,400, dont j'ai fourni la valeur comme suit :

1 | à MARCH. GÉN., 1 barrique de vin de Bordeaux, Mouton, ci . . . . fr. 1,500

3 | à EFFETS A PAYER, n° 7, m. Bt. *O.* Maldan, fin courant. ci . . . . 900 | 2400 | »

—————— *Du 27 janvier.* ——————

4 | PROFITS ET PERTES A CAISSE, fr. 500.

— | Pour autant donné, à titre de gratification, aux pompiers et autres personnes qui ont éteint l'incendie

2 | dans mon magasin . . . . | 500 | »

—————— *Du 28 janvier.* ——————

2 | CAISSE A MINES DE SEYSSEL. fr. 57,306 35.

— | Produit de la vente faite à la Bourse de ce jour de

6 | 6 actions de 1,000 fr. desdites mines, au prix de fr. 9,575. ci . . . . fr. 57,450

Courtage à déduire 1|4 p. 0|0 . . . . 143 65

net . . . . fr. 57,306 35 | 57306 | 35

—————— *Dudit.* ——————

4 | FRAIS GÉNÉRAUX A CAISSE. fr. 221 75.

— | Pour la note du tonnelier de l'entrepôt, payée en es-

2 | pèces, ci . . . . | 221 | 75

Transporté en l'autre part. . . . . . |336084| 85

	Fol. 6. *Transport.*	336084	85

———————— *Du 29 janvier.* ————————

2	CAISSE A MARCH. GÉN. , fr. 7,350.		
—	Pour vente au comptant de 5 barriques vin de Bor-		
1	deaux, Mouton, à fr. 1,500. . . . . fr. 7,500		
	Courtage à déduire 2 p. 0|0. 150		
	. net. . . . . fr. 7,350	7350	»

————————*Du 30 janvier.* ————————

5	DUPUIS A CAISSE, fr. 1,226 80.		
—	Pour le remboursement que j'ai fait en espèces à Du-		
2	rand du Bt. nº 1, fr. 1,200 souscrit par Dufour, de		
	Lyon, à l'O. de Dupuis, avec compte de retour et		
	frais, ci.	1226	80

————————*Du 31 janvier.* ————————

3	EFFETS A PAYER A CAISSE, fr. 6,900.		
—	Pour le paiement de ceux échus ce jour, ci.	6900	»

———————————— *Dudit.* ————————————

4	FRAIS GÉNÉRAUX A CAISSE, fr. 1,033 33.		
—	Pour le paiement d'un mois d'appointements à mes		
2	employés et la dépense de ma maison pendant le-		
	dit mois.	1033	33

———————————— *Dudit.* ————————————

4	MOBILIER A CAISSE, fr. 200.		
—	Pour achat d'un peseur pour mon magasin (article		
2	omis le 3 janvier.)	200	»

————————————*Dudit.*————————————

		352794	98

4	PROFITS ET PERTES A FRAIS GÉNÉRAUX,		
—	fr. 2,055 08.		
4	Pour solde, ci.	2055	08

———————————— *Dudit.* ————————————

4	PROFITS ET PERTES A MOBILIER. fr. 600.		
—	Pour perte sur l'estimation de mes meubles et us-		
4	tensiles, ci.	600	»

———————————— *Dudit.* ————————————

4	PROFITS ET PERTES A MINES DE SAINT-		
—	BÉRAIN, fr. 3,250.		
1	Pour solde (perte).	3250	»

———————————— *Dudit.* ————————————

6	MINES DE SEYSSEL A PROFITS ET PERTES,		
—	fr. 56,906 35.		
4	Pour le montant des bénéfices que j'ai faits sur cette		
	opération, pour solde.	56906	35

———————————— *Dudit.* ————————————

1	MARCHAND. GÉNÉR. A PROFITS ET PERTES.		
—	fr. 6,030.		
4	Pour le montant de mes bénéfices sur la vente des		
	marchandises, pour solde	6035	»
	Transporté en l'autre part.	421641	41

Transport .... r. | 421641 | 41

————————*Dudit.*————————

5	BALANCE DE SORTIE A DIVERS, fr. 116,063 93		
—	Pour solde, suivant détail à l'inventaire,		
1	à MARCH. GÉN., celles en magasin. fr. 21,447 50		
4	à MOBILIER, meubles et ustensiles 8,000		
3	à EFFETS A RECEVOIR, ceux en portefeuille .... fr. 5,552 50		
6	à LENOIR, ce qu'il me doit 1,600		
6	à MEURICE, de Calais, d° 5,300		
6	à COLIN, du Havre, d° 1,968 75		
5	à DUPUIS, d° 1,226 80		
2	à CAISSE, espèces en caisse 70,968 38	116063	93

————————*Du 31 janvier.*————————

5	DIVERS A BALANCE DE SORTIE, fr. 28,761 50		
	Pour solde, suivant détail à l'inventaire,		
3	EFFETS A PAYER, ceux en circulation, fr. 6,800		
6	MARTIN, de Nantes, ce que je lui dois.. 6,001 50		
5	BALGUERIE, de Bordeaux, d° 15,960		
4	PROFITS ET PERTES A CAPITAL, fr. 57,302 43.		
—	Montant de mes bénéfices pendant le mois, pour		
2	solde	57302	43

————————*Du 31 janvier.*————————

2	CAPITAL A BALANCE DE SORTIE, fr. 87,302 43.		
—	Pour le montant net de ce que je possède pour		
5	solde	87302	43

		711071	70

————————*Du 1er février.*————————

5	DIVERS A BALANCE D'ENTRÉE, fr. 116,063 93.		
	Pour débit à compte nouveau, savoir :		
1	MARCH. GÉN., celles en magasin. fr. 21,447 50		
4	MOBILIER, meubles et ustensiles. 8,000		
3	EFFETS A RECEVOIR, ceux en portefeuille 5,552 50		
6	LENOIR, ce qu'il me doit 1,600		
6	MEURICE, de Calais, d° 5,300		
6	COLIN, du Havre, d° 1,968 75		
5	DUPUIS, d° 1,226 80		
2	CAISSE, espèces 70,968 38	116063	93

————————*Dudit.*————————

5	BALANCE D'ENTRÉE A DIVERS, fr. 116,063 93.		
	Pour crédit à compte nouveau, savoir :		
3	à EFFETS A PAYER, ceux en circulation .... fr. 6,800		
6	à MARTIN, de Nantes, ce que je lui dois 6,001 50		
5	à BALGUERIE, de Bordeaux, d° 15,960		
2	à CAPITAL, montant de ce que je possède 87,302 43	116063	93

LIVRE DE CAISSE.

Fol. 1. DOIT CAISSE.

Date		Désignation		
1850.				
Janv.	9	Versé le montant de mon capital en esp.	30000	»
		Produit de la vente au comptant de 4 barriques sucre	3980	»
	10	dito dito de 1 caisse indigo.	6125	»
	15	Produit d'un bordereau de négociation remis à la caisse Laffitte	5265	35
	15	Vente au comptant 1 caisse indigo	6500	»
	»	dito dito 5 balles coton	1662	50
	22	dito dito 10 caisses savon	2650	»
	22	Produit de la vente de 10 act., mines de Saint-Bérain	6250	»
	28	dito de 6 actions, mines de Seyssel	57306	35
	29	Vente au compt. de 3 bques vin Bordeaux	7330	»
			124889	20
			70973	58
Fév. 1er		En Caisse à nouveau	70973	58

CAISSE AVOIR. Fol. 1

Date		Désignation		
1850.				
Janv.	1	Payé à mon propriétaire un terme de loyer.	500	»
	»	Payé à compte en espèces sur la facture de Roberge, tapissier.	3000	»
	2	Payé la fact. du papetier p. fournit. de bur.	300	»
	3	Acheté au c. à Lenoir 8 balles café Martin.	3653	»
	6	Acheté au comptant 4 barriques sucre	5300	»
	7	Payé un bord. de nég. d'eff. pris de Maldan.	5555	44
	12	Payé pour solde en espèces sur un achat de 40 caisses savon.	177	»
	14	Acheté 10 actions de 1000 fr. des mines de Saint-Bérain, à 950 fr.	9500	»
	16	Acheté 10 actions de 1000 fr. des mines de Seyssel, à 1250 fr.	12500	»
	19	Escompté mes 3 billets n. 1, 2 et 3 O. Roberge d'ensemble 3000 fr.	2964	50
	25	Payé à mon propriétaire pour réparation de dégâts d'incendie.	522	»
	27	Payé à div. p. gratif. à l'occas. de l'incendie.	500	»
	28	Payé à Girard, tonnel., p. frais à l'entrepôt.	221	75
	30	Remboursé à Durand le montant du billet n. 1, avec compte de retour.	1226	80
	31	Payé mes billets échus ce jour, n. 5, traite Martin, 6000 fr., n. 7, O. Maldan, 900 fr.	6900	»
	»	Payé pour un mois d'appointements à M. Richard, premier commis.	200	»
	»	dito à M. Duval, deuxième commis	100	»
	»	dito au garçon de magasin.	100	»
	»	dito p. un mois de ma dépense de maison.	635	35
	»	Acheté un peseur p. m. magas. (art. omis).	200	»
	»	En caisse pour solde	70973	58
			124889	20

GRAND-LIVRE.

1850.	DOIVENT MARCHANDISES				
Janvier. 3	à CAISSE, achat au comptant, 8 balles café..........................	1	2	6535	»
4	à MARTIN, 4 balles café Bourbon...	1	6	1201	50
6	à CAISSE, achat de 4 barriques sucre, au comptant..................	2	2	3200	»
8	à MARTIN, 3 caisses indigo	2	6	16800	»
11	à BALGUERIE, 10 balles coton.......	3	5	2660	»
12	à DIVERS, 40 caisses savon..........	3	—	8480	»
20	à MINES DE SEYSSEL, 10 barriques vin de Bordeaux...............	5	6	12100	»
23	à BALGUERIE, 50 balles coton.......	5	5	13300	»
				63376	50
31	à PROFITS ET PERTES, mes bénéfices sur la vente...................	7	4	6035	»
				69411	50
Février 1er	à BALANCE D'ENTRÉE, marchandises en magasin....................	8	5	21447	50

1850.	DOIVENT MINES				
Janvier 14	à CAISSE, achat de 10 actions desd. mines...................	4	2	9500	»

1850.	DOIT CAISSE				
Janvier 1er	à CAPITAL, versé en espèces.......	1	2	30000	»
9	à MARCHANDISES GÉNÉRALES, vente au comptant.....................	2	1	3980	»
10	à d° .... d°	3	1	6125	»
13	à EFFETS A RECEVOIR, produit d'une négociation...................	3	3	3265	35
15	à MARCHANDISES GÉNÉRALES, vente au comptant.............	4	1	10612	50
22	à MINES DE SAINT-BÉRAIN, vente de 10 actions	5	1	6250	»
	Transporté en l'autre part. . . .			60232	85

1850.	GÉNÉRALES AVOIR.				
Janvier. 5	par EFFETS A RECEVOIR pour vente de café........................	2	3	4500	»
9	par CAISSE, pour vente de 4 barriques de sucre, au comptant......	2	2	3980	»
»	par LENOIR, p. vente 1 caisse indigo.	3	6	6212	50
10	par CAISSE pour vente au comptant 1 caisse indigo.................	3	2	6125	»
12	par DIVERS p. 2 balles café Martiniq.	3	—	1640	»
15	par CAISSE p. vente de diverses marchandises au comptant..........	4	2	10612	50
21	par MEURICE, pour 4 barriques vin de Bordeaux	5	6	5300	»
25	par PROFITS ET PERTES, marchandises perdues dans l'incendie.......	6	4	744	»
26	par MOBILIER, 1 barrique vin de Bordeaux......................	6	4	1500	»
29	par CAISSE, pour vente au comptant.	6	2	7350	»
				47964	»
31	par BALANCE DE SORTIE, marchandises en magasin pour solde........	7	5	21447	50
				69411	50
				»	

1850.	DE SAINT-BÉRAIN AVOIR.				
Janvier. 22	par CAISSE, vente des actions desdites mines.....................	5	2	6250	»
31	par PROFITS ET PERTES, pour solde..	7	4	3250	»
				9500	»

1850.	AVOIR.				
Janvier 1er.	par FRAIS GÉNÉRAUX, loyer	1	4	500	»
»	par MOBILIER, achat d'objets divers.	1	4	3000	»
2	par FRAIS GÉNÉRAUX, achat de fournitures de bureau................		4	300	»
3	par MARCH. GÉN., achat au comptant café Martinique..............	1 / 12	1	5635	«
6	par do...... do sucre.............		1	3200	»
7	par EFFETS A RECEVOIR, divers billets pris à l'escompte...........	2	3	5535	44
12	par MARC. GÉN., solde en espèces pour achat.	3	1	177	»
	Transporté en l'autre part.....			18347	44

4

	Transport.			60232	85
1850.	DOIT CAISSE				
Janvier 28	à MINES DE SEYSSEL, vente de 6 actions....................	6	6	57306	35
29	à MARCHANDISES GÉNÉRALES, vente au comptant	6	1	7350	»
				124889	20
				124889	20
Février 1er	à BALANCE D'ENTRÉE, espèces en caisse......................	8	5	70973	38
1850.	DOIT CAPITAL				
Janvier 31	à BALANCE DE SORTIE, ce que je possède pour solde......	8	5	87307	43

BALANCE DE VÉRIFICATION.

Folios du Gr.-Livre.	DÉSIGNATION des COMPTES.	DOIT. fr.	c.	AVOIR. fr.	c.
2	Capital..........	»	»	50000	»
1	March. générales.	63576	50	47964	»
2	Caisse..........	124889	20	53915	82
3	Effets à recevoir .	85465	50	87915	»
5	Effets à payer . .	9900	»	16700	»
4	Profits et pertes .	1800	65	2071	81
4	Frais généraux . .	2055	08	»	»
4	Mobilier	8600	»	»	»
6	Mines de St-Bérain	9300	»	6250	»
6	Mines de Seyssel .	12500	»	69406	35
6	Martin.	12000	»	1800	50
6	Lenoir.	6212	50	4612	50
6	Balguerie.	5300	»	15960	»
6	Meurice	1968	75	»	»
6	Colin	1225	80	»	»
5	Dupuis.	»	»	»	»
		352794	98	352794	98

					18347	44
		Transport.....			18347	44
1850.		**AVOIR.**				
Janvier	14	par MINES DE ST-BÉRAIN, 10 actions.	4	1	9500	»
	16	par MINES DE SEYSSEL. 10 actions...	4	6	12500	»
	19	par EFFETS A PAYER, payé divers billets sans escompte	4	3	2964	50
	25	par PROFITS ET PERTES, payé pour dégâts d'incendie...............	6	4	522	»
	27	par PROFITS ET PERTES, payé gratifications pour dito...............	6	4	500	»
	28	par FRAIS GÉNÉRAUX, au tonnelier..	6	4	221	75
	30	par Dupuis, remb. bt et ret........	7	5	1226	80
	31	par EFFETS A PAYER, payé ceux échus ce jour...............	7	3	6900	»
	»	par FRAIS GÉNÉRAUX, employés.....	7	4	1033	33
	»	par MOBILIER, achat d'un peseur (art. omis)...................	7	4	200	»
					53915	82
	»	par BALANCE DE SORTIE, espèces en caisse.................	8	5	70973	38
					124889	20
1850.		**AVOIR.**				
Janvier	1er	par CAISSE, versement de ce que je possède.	1	2	30000	»
	31	par PROFITS ET PERTES, bénéfices du mois.	8	4	57307	43
					87307	43
Février	1er	par BALANCE D'ENTRÉE, ce que je possède.	8	5	87307	43

1850,	DOIVENT	E.	S.	EFFETS.				
Janvier 5	à MARCHAND. GÉNÉRALES..	1	1	Billet Dufour O. Dupuis.	2	1	1200	»
	»	2	5	Billet Ledoux O. Gérard.	2	1	1428	75
	»	3	6	Billet Dupuis à m. O.	2	1	1871	25
7	à DIVERS. . .	4		Billet Roublot O. Caron.	2	—	940	»
	»	5	2	Billet Certain O. Rebour.	2	—	870	»
	»	6	3	Billet Bontemps O. Colin.	2	—	1325	»
	»	7	4	Billet Lafleur O. Delattre.	2	—	2468	»
17	à LENOIR, sa remise. . .	8		Billet Lenoir à m. O.	4	6	1346	50
	»	9		do do do	4	4	1940	50
	»	10		do do do	4	5	1325	50
24	à DIVERS. . .	11	7	M/ Te s/Colin O. Martin.	5	—	78750	»
							93465	50
Février 1er	à BALANCE D'ENTRÉE.	»	»	Eff. en portef.	8	5	5552	50

1850.	DOIVENT	E.	S.	EFFETS.				
Janvier 19	à DIVERS. . .	1	1	M. Billet O. Roberge.	4	—	1000	»
	»	2	2	do do	4	—	1000	»
	»	3	3	do do	4	—	1000	»
31	à CAISSE. . .	4	5	Traite ordre Quantin.	7	2	6000	»
	»	5	7	M. Billet O. Maldan.	7	2	900	»
							9900	»
»	à BALANCE DE SORTIE.	»	»	Effets en circulation.	8	5	6800	»
							16700	

1850.	à RECEV.	S.	E.	AVOIR :				
Janvier 12	par MARCH. GÉNÉRALES.	1	1	Billet Dufour O. Dupuis.	3	1	1200	»
	»	2	5	Billet Certain O, Rebour.	3	1	870	»
	»	3	6	Billet Bontemps O. Colin.	3	1	1325	»
	»	4	7	Billet Lafleur O. Delattre.	3	1	2468	»
13	par DIVERS. .	5	2	Billet Ledoux O. Gerard.	2	—	1428	75
	»	6	3	Billet Dupuis à m. O.	3	—	1871	25
24	par DIVERS. .	7	11	M. Traite sur Colin O. Martin.	5	—	78750	»
							87913	»
31	par BALANCE DE SORTIE.	»	»	Effets en portefeuille.	8	5	5552	50
							93465	50

1850.	à PAYER.	S.	E.	AVOIR :				
Janvier 1er	par MOBILIER	1	1	M. Billet O. Roberge.	1	4	1000	»
	»	2	2	do do	1	4	1000	»
	»	3	3	do do	1	4	1000	»
12	p. MARC. GÉN.	4		do O. Durand.	3	1	800	»
18	par MARTIN, de Nantes. .	5	4	S. te O/ Quant.	4	6	6000	»
	»	6		do do	4	6	6000	»
26	par MOBILIER	7	5	M. Billet O. Maldan.	6	4	900	»
							16700	»
Février 1er	par BALANCE D'ENTRÉE. .	»	»	Effets en circulation.	8	5	6800	»

DOIVENT — PROFITS

1850.				
Janvier 13	à EFFETS A RECEVOIR pour perte à l'escompte.	3	3	34 65
25	à DIVERS, perte causée par un incendie.	6	—	1266 »
27	à CAISSE, gratifications payées à l'occasion de l'incendie.	6	2	500 »
				1800 65
31	à FRAIS GÉN., pour solde dud. compte.	7	4	2055 08
»	à MOBILIER, pour perte sur la valeur des meubles.	7	4	600 »
»	à MINES DE ST-BÉRAIN, perte pour solde.	7	1	3250 »
»	à CAPITAL, montant de mes bénéfices pour solde.	8	2	57307 43
				65013 16

DOIVENT — FRAIS

1850.				
Janvier 1er	à CAISSE, un terme de loyer.	1	2	500 »
2	à d°, objets pour le bureau.	1	2	300 »
28	à d°, payé au tonnelier.	6	2	221 75
31	à d°, employés et dép. de mais.	7	2	1033 33
				2055 08

DOIT — MOBILIER

1850.				
Janvier 1er	à DIVERS, pour achat de meubles et ustensiles.	1	—	6000 »
26	à DIVERS, pour achat de cabriolet, cheval, etc.	6	—	2400 »
31	à CAISSE, pour achat d'un peseur (art. omis).	7	2	200 »
				8600
Février 1er	à BALANCE D'ENTRÉE, pour meubles et ustensiles.	8	5	8000 »

DOIT — BALGUERIE

1850.				
Janvier. 31	à BALANCE DE SORTIE, pour solde.	8	5	15960 »

DOIT — DUPUIS

1850.				
Janvier 30	à CAISSE, rembours. d'un billet avec compte de retour.	7	2	1226 80
Février 1er	à BALANCE D'ENTRÉE, pour ce qu'il me doit.	8	5	1226 80

1850.	PERTES ET AVOIR.				
Janvier 7	par EFFETS A RECEVOIR, pour bénéfices à l'escompte.	2	3	67	56
19	par EFFETS A PAYER, pour bénéfice à l'escompte.	4	3	35	50
24	par DIVERS, pour commission d'achat.	5	—	1968	75
				2071	81
31	par MINES DE SEYSSEL, bénéfice pour solde.	7	6	56906	35
»	par MARCH. GÉN., pour bénéfices sur la vente.	7	1	6035	»
				65013	16

1850.	GÉNÉRAUX AVOIR.				
Janvier 31	par PROFITS ET PERTES pour solde. .	7	4	2055	08

1850.	AVOIR.				
Janvier 31	par PROFITS ET PERTES, perte sur la valeur des meubles.	7	4	600	»
	par BALANCE DE SORTIE, mes meubles, etc., pour solde.	7	5	8000	»
				8600	»

1850.	DE BORDEAUX AVOIR.				
Janvier 11	par MARCH. GÉN., 10 balles coton. .	3	1	2660	»
23	par MARCH. GÉN., 50 balles coton. .	5	1	13300	»
				15960	»
Février 1er	par BALANCE D'ENTRÉE, pour ce que je lui dois.	8	5	15960	»

1850.	AVOIR.				
Janvier 31	par BALANCE DE SORTIE, pour solde.	7	5	1226	80

1850.	DOIT BALANCE				
Janvier 31	à DIVERS, pour solde.	7	—	116063	93
				116063	93

1850.	DOIT BALANCE				
Février 1er	à DIVERS, pour crédit à compte nou-veau.	8	—	116063	93

1850.	DOIT MARTIN				
Janvier 18	à EFFETS A PAYER, ses traites sur moi.	4	3	12000	»
31	à BALANCE DE SORTIE, pour solde. .	8	5	6001	50
				18001	50

1850.	DOIT LENOIR				
Janvier 9	à MARCH. GÉN., 1 caisse indigo. . . .	3	1	6212	50
Février 1er	à BALANCE D'ENTRÉE, pour ce qu'il me doit.	8	5	1600	»

1850.	DOIT COLIN				
Janvier 24	à DIVERS, pour commission d'achat.	5	—	1968	75
Février 1er	à BALANCE D'ENTRÉE pour ce qu'il me doit.	8	5	1968	75

1850.	DOIVENT MINES.				
Janvier 16	à CAISSE, achat de 10 actions desd. mines.	4	2	12500	»
31	à PROFITS ET PERTES, bénéf. p. solde.	7	4	56906	35
				69406	35

1850.	DOIT. MEURICE				
Janvier 21	à MARCH. GÉN. 4 barriques de vin de Bordeaux.	5	1	5300	»
Février 1er	à BALANCE D'ENTRÉE, montant de ce qu'il doit.	8	5	5300	»

1850.	DE SORTIE AVOIR.				
Janvier 31	par Divers, pour solde.	8	—	28761	50
	par Capital, montant de ce que je possède.	8	2	87302	43
				116063	93

1850.	D'ENTRÉE AVOIR.				
Février 1er	par Divers pour débit à compte nouveau.	8	—	116063	93

1850,	DE NANTES AVOIR.				
Janvier 4	par March. gén., 4 balles café Bourbon.	1	1	1201	50
8	par March. gén., 3 caisses indigo. .	2	1	16800	»
				18001	50
Février 1er	par Balance d'entrée, ce que je lui dois.	8	5	6001	50

1850.	AVOIR.				
Janvier 17	par Effets a recevoir, sa remise. .	4	3	4612	50
31	par Balance de sortie, pour solde.	8	5	1600	
				6212	50

1850.	DU HAVRE AVOIR.				
Janvier 31	par Balance de sortie, pour solde.	8	5	1968	75

1850.	DE SEYSSEL AVOIR.				
Janvier 20	par March. gén., achat payé avec 4 actions.	5	1	12100	»
28	par Caisse, vente de 6 actions. . . .	6	2	57306	35
				69406	35

1850.	DE CALAIS AVOIR.				
Janvier 31	par Balance de sortie, pour solde.	8	5	5300	»

ENREGISTREMENT DES EFFETS A RECEVOIR.

N° D'ORDRE.	DATE de l'enregistrement.	CÉDANT.	NATURE de l'effet.	DATE de l'effet.	SOUSCRIP-TEUR.	ORDRE.	DOMICILE.	ÉCHÉANCE.	MONTANT de l'effet.		SORTIE.
									fr.	c.	
1	1850. Janvier 5	Dupuis.	Billet.	1850. »	Dufour.	Dupuis.	Lyon.	1850. Janv. 25	1200	»	Remis à Durand, le 12 janv.
2	» »	Dito.	»	»	Ledoux.	Gérard.	Nancy.	Févr. 15	1428	75	Remis à la Caisse Laffitte.
3	» »	Dito.	»	»	Dupuis.	Moi-même.	Paris, rue de la Verrerie, 19.	» »	1871	25	
4	» 7	Maldan.	»	Janv. 1er 1849.	Roublot.	Caron.	Paris, rue des Lombards, 4.	» 10	940	»	
5	» »	Dito.	»	Déc. 15	Certain.	Rebour.	Rennes.	» 28	870	»	Remis à Durand,
6	» »	Dito.	»	Nov. 24	Bontemps.	Colin.	Reims.	Janv. 31	1325	»	le 12 janv.
7	» »	Dito.	»	Déc. 1er	Lafleur.	Delaitre.	Bordeaux.	Févr. 28	2468	»	
8	» 17	Lenoir.	»	1850. Janv. 17	Lenoir.	Moi-même.	Paris, rue Sainte-Avoie, 10.	» 15	1346	50	
9	» »	Dito.	»	» »	Dito.	Dito.	Dito.	Mars 15	1910	»	
10	» »	Dito.	»	» »	Dito.	Dito.	Dito.	Avril 15	1325	50	Remis a Martin.
11	» 24	Moi-même.	Traite.	» 24	Sur Colin.	Martin.	Havre.	» 24	78750	»	

LIVRE DES EFFETS A PAYER

N°	DATE DE L'EFFET.	NATURE de l'effet.	ORDRE.	ÉCHÉANCE.	MONTANT du billet.	RENTRÉE.
1	1850. Janvier. 1er	Mon billet.	Roberge.	1850. Janvier. 31	1000 »	Escomptés le 19 janvier.
2	» »	Dito.	Dito.	Février. 28	1000 »	
3	» »	Dito.	Dito.	Mars. 31	1000 »	
4	» 12	Dito.	Durand.	Février. 28	800 »	Payé.
5	» 18	Traite Martin.	Quantin.	Janvier. 31	6000 »	
6	» »	Dito.	Dito.	Février. 28	6000 »	
7	» 26	Mon billet.	Maldan.	Janvier. 31	900 »	Payé.

Nº D'ORDRE.	ENTRÉE.	PRIX D'ACHAT. (fr. c.)	MONTANT de CHAQUE EXPÉDITION. Quantité. (kilog.)	Somme. (fr. c.)
	—1850. 3 Janvier.—			
1	18 balles café Martin. marquées L. P.	3 50	1610	6531 »
	—4 Janvier.—			
2	4 balles, café Bourbon, marq. M. .N	2 70	445	1201 50
	—6 Janvier.—			
3	4 barriques, sucre, marq. G. P.	2 »	1600	3200 »
	—8 Janvier.—			
4	3 caisses, indigo, marq. M. N.	32 »	525	16800 »
	—11 Janvier.—			
5	10 balles, coton, marq. B. B.	2 »	1330	2660 «
	—12 Janvier.—			
6	40 caisses, savon, marq. D. P.	1 »	8480	8480 »
	—20 Janvier.—			
7	10 barriques vin de Bordeaux, Mouton —1827. marq. B. R. B.	1210 »	10 bques.	12100 »
	—23 Janvier.—			
8	50 balles, coton, marq. B. B.	2 »	6650	13300 »

Le 31 janvier 1850, il reste des marchandises

SORTIE.	PRIX DE VENTE. (fr. c.)	MONTANT de CHAQUE EXPÉDIT. Quantité (kilog.)	Somme (fr. c.)	RESTE. EN MAGASIN. Quantité (kilog.)	Somme. (fr. c.)
—5 Janv.— 6 balles.	3 75	2100	4500 »	Néant.	» »
—12 Janv.— 2 balles.	4 »	410	1640 »		
. . . . . .	. .	. . . . .	. .	445	1201 50
—9 Janv.— 4 barriques.	2 50	1600	3980 »	Néant.	» »
—9 Janv.— 1 caisse.	35 50	175	6212 50	Néant.	» »
—10 Janv.— 1 caisse.	35 »	175	6125 »		
—15 Janv.— 1 caisse.	36 »	175	6300 »		
—15 Janv.— 5 balles.	2 50	665	1662 50	399	798 »
—25 Janv.— 2 balles.	2	266	532		
—15 Janv.— 10 caisses.	1 25	2120	2645 »	6148	6148 »
—25 Janv.— 1 caisse.	1 »	212	212 »		
—21 Janv.— 4 barriques.	1325 »	4 barr.	5300 »	Néant.	» »
—26 Janv.— 1 barrique.	1500 »	1 barr.	1500 »		
—29 Janv.— 5 barriques.	1470 »	5 barr.	7350 »		
. . . . . .	. .	. . . . .	. .	6650	13300 »

en magasin pour fr...... .... | 21447 50

INVENTAIRE GÉNÉRAL.

ou Bilan, tant des marchandises en magasin, valeurs et passives de ROUSSEL, *négociant, à*   *en numéraire et en portefeuille, que des dettes actives Paris, fait aujourd'hui 31 janvier 1850,*

ACTIF.				
Marchandises en magasin.				
445 kil. café Bourbon à fr. 2 70....	1201	50		
29 caisses savon, 6148 kil. à fr. 1 »...	6148	»		
53 balles coton, 7049 kil. à fr. 2 ». .	14098	»	21447	50
Mobilier.				
Meubles, ustensiles, etc., évalués...			8000	»
Effets à recevoir en portefeuille.				
Nᵒ 4, bᵗ Roublot, O. Caron, 10 fév..	940	»		
8, bᵗ Lenoir, M. O., 15 février..	1346	50		
9, billet dᵒ, au 15 mars........	1940	50		
10, billet dᵒ, au 15 avril........	1325	50	5552	50
Divers débiteurs.				
Lenoir, pour solde de compte......	1600	»		
Meurice, de Calais, dᵒ............	5300	»		
Colin, du Havre, dᵒ..............	1968	75		
Dupuis,.........dᵒ..............	1226	80	10095	55
Caisse.				
Espèces en caisse suivant bordereau.			70973	38
Total de l'actif.........			116068	93

PASSIF.				
Effets à payer en circulation.				
Nᵒ 4, Mon billet, O. Durand. fin fév.	800	»		»
6, tᵉ Martin, O. Quantin, 15 févr..	6000	»	6800	»
Divers créanciers				
Martin, de Nantes, p. solde de compte.	6001	50		
Balguerie, de Bordeaux, dᵒ........	15960	»	21961	50
Total du passif......			28761	50
Excédant d'actif formant m. capital.			87307	43
Balance......			116068	93

Certifié sincère et conforme à mes livres, le présent inventaire dont l'actif s'élève à la somme de cent seize mille soixante-huit francs quatre-vingt-treize centimes, et le passif à la somme de vingt-huit mille sept cent soixante et un francs cinquante centimes.

Paris, le 31 janvier 1838.

ROUSSEL.

GRAND–LIVRE   A PARTIE SIMPLE.

Fol. 1. — DOIT — MARTIN

1850.				
Janv. 18	Montant de ses traites sur moi. .	1	12000	»
31	Solde de son compte à nouveau.	2	6001	50
			18001	50

Fol. 2. — DOIT — LENOIR.

1850.				
Janv. 9	Pour 1 caisse indigo.	1	6212	50
			6212	50

Fol. 3. — DOIT — BALGUERIE

1850.				
Janv. 31	Solde à porter à nouveau. . . .	2	15960	»
			15960	»

Fol. 4. — DOIT — MEURICE.

1850.				
Janv. 21	Pour 4 barriques vin de Bordeaux.	1	5300	»

Fol. 5. — DOIT — COLIN

1850.				
Janv. 24	Commiss. à 2 1/2 p. 0/0 sur 78750 fr.	2	1968	75

Fol. 6. — DOIT — DUPUIS.

1850.				
Janv. 30	Pour remboursement d'un billet avec compte de retour.	2	1226	80

DE NANTES — AVOIR. — Fol. 1.

1850.				
Janv. 4	P. achat de 4 balles café Bourbon.	1	1201	50
8	P. d° de 3 caisses indigo.	1	16800	»
			18001	50

AVOIR. — Fol. 2.

1850.				
Janv. 17	Sa remise en ses billets à mon O. .	1	4612	50
31	Solde à porter à nouveau.	2	1600	»
			6212	50

DE BORDEAUX — AVOIR. — Fol. 3.

1850.				
Janv. 11	Pour achat de 50 balles coton. . .	1	2660	»
23	Pour d° de 50 d° d°. . . .	1	13300	»
			15960	»

DE CALAIS — AVOIR. — Fol. 4

1850.				
Janv. 31	Solde à porter à nouveau.	2	5300	»

DU HAVRE — AVOIR. — Fol. 5.

1850.				
Janv. 31	Solde à porter à nouveau.	2	1968	75

AVOIR. — Fol. 6.

1850.				
Janv. 31	Solde à porter à nouveau.	2	1226	80

QUELQUES EXEMPLES
D'UN JOURNAL A PARTIE SIMPLE,
Commencé le 1er janvier 1850.

Fol. 1.

————————*Du 4 janvier.*————————

1	AVOIR MARTIN, de Nantes, fr. 1201 50 Pour achat de 4 balles de café Bourbon, pesant net ensemble 445 kil., à fr. 2 70 le kil., ci..........	1201	50

————————*Du 8 janvier.*————————

| 1 | AVOIR MARTIN, de Nantes, fr. 16800.
Pour achat de 3 caisses indigo, pesant net ensemble
525 kil., à fr. 32 le kil., ci.................... | 16800 | » |

————————*Du 9 janvier.*————————

| 2 | DOIT LENOIR, fr. 6212 50.
Pour vente à lui faite de 1 caisse indigo, pesant net
175 kil., à fr. 35 50 le kil., ci.............. ... | 6212 | 50 |

————————*Du 11 janvier.*————————

| 3 | AVOIR BALGUERIE, de Bordeaux, fr. 2660.
Pour achat de 10 balles de coton, pesant net en-
semble 1330 kil., à fr. 2 le kil., ci.............. | 2660 | » |

————————*Du 17 janvier.*————————

| 2 | AVOIR LENOIR, fr. 4612 50.
Pour le montant de sa remise, comme suit :
fr. 1346 50, billet Lenoir dudit jour à m. O. au
15 février prochain.
    1940 50, »   Lenoir dudit jour, à m. . au
      15 mars prochain.
    1325 50, »   Lenoir dudit jour à m. O. au
      15 avril prochain.

fr. 4612 40, ci................................. | 4612 | 50 |

————————*Du 18 janvier.*————————

| 1 | DOIT MARTIN, de Nantes, fr. 12000.
Pour le montant de 2 traites qu'il a fournies sur moi
à l'O. de Quantin, et que j'ai acceptées.
fr. 6000, fin courant.
    6000, au 15 février prochain.

fr. 12000, ci................. | 12000 | » |

FIN.

Paris.—Imprimerie Bonaventure et Ducessois, 55, quai des Grands-Augustins.

CHEZ TOUS LES LIBRAIRES

on peut se procurer séparément les ouvrages de la

BIBLIOTHÈQUE POUR TOUT LE MONDE

RELIGION, MORALE,

SCIENCES ET ARTS, INSTRUCTION ÉLÉMENTAIRE,

HISTOIRE, GÉOGRAPHIE, ETC.

TITRES DES OUVRAGES

Numéros

1 Alphabet (avec 100 gravures).
2 Civilité (2e livre de Lecture).
3 Tous les genres d'Écriture.
4 Grammaire de Lhomond.
5 Le mauvais Langage corrigé.
6 Traité de Ponctuation.
7 Arithmétique simplifiée.
8 Mythologie.
9 Géographie générale.
10 — de la France.
11 Statistique de la France.
12 La Fontaine (avec notes).
13 Florian (avec notes).
14 Ésope, etc. (avec notes).
15 Lecture pour chaque Dimanche.
16 Morceaux de Littérature : Prose.
17 — Vers.
18 Art poétique (avec notes).
19 Morale en action.
20 Franklin (œuvres choisies).
21 Les Hommes utiles.
22 Les bons Conseils.
23 Histoire ancienne.
24 — grecque.
25 — romaine.
26 — sainte.
27 Histoire du moyen âge.
28 — moderne.
29 — de la découverte de l'Amérique.
30 — de France.
31 — de Paris.
32 — de Napoléon.
33 Tablettes universelles.
34 Le Monde à vol d'oiseau.
35 Robinson raconté en famille.
36 Merveilles de la Nature.
37 Découvertes et Inventions.
38 Erreurs et Préjugés.
39 Le Bonhomme Parce que et son voisin Pourquoi.
40 Histoire Naturelle
41 Géologie
42 Astronomie
43 Physique amusante
44 Chimie amusante
45 Tenue des Livres simplifiée.
46 Géométrie
47 Algèbre
48 Arpentage
49 Dessin linéaire
50 Poids et Mesures.

> (40-44) avec gravures
> (46-49) avec gravures

Bibliothèque pour tout le monde ! — Pour que cette Bibliothèque justifie son titre et qu'une place lui soit donnée dans toutes les familles; — pour qu'elle soit réellement *élémentaire, instructive,* il faut que, TOUTE d'instruction, elle ne s'occupe que de sujets religieux, moraux ou scientifiques : — il faut aussi que son prix *extraordinairement bas* en rende l'acquisition très-facile *à tout le monde* : tel est notre but.

CHAQUE OUVRAGE SE VEND SÉPARÉMENT.

Imp. Bonaventure et Ducessois.

www.ingramcontent.com/pod-product-compliance
Lightning Source LLC
Chambersburg PA
CBHW060813180626
46818CB00002B/816

* 9 7 8 2 0 1 3 7 2 5 8 5 9 *